U0922145

珞珈诗派丛书

主编 余仲廉 吴晓

陳雁柏

雪　或者春雪

陈应松　著

陈应松

湖北公安人，1956年生，武汉大学中文系毕业。出版有长篇小说《还魂记》《猎人峰》《到天边收割》《魂不守舍》《失语的村庄》，小说集、散文集、诗歌集等60余部，《陈应松文集》6卷，《陈应松神农架系列小说选》4卷。小说曾获鲁迅文学奖、中国小说学会大奖、《小说月报》《中篇小说选刊》《小说选刊》小说奖、全国环境文学奖、上海中长篇小说大奖、人民文学奖、十月文学奖、梁斌文学奖、华文成就奖（加拿大）、湖北文学奖等。2015年被湖北省省委组织部、宣传部授予“湖北文化名家”称号。作品翻译成英、法、俄、波兰、罗马尼亚、日、韩等文字到国外。中篇小说曾7年进入中国小说学会的“中国小说排行榜”。湖北作家协会副主席、中国作家协会全国委员会委员，湖北省政协文史委员会副主任。

目录

第一辑：霜降

第二辑：中国瓷器

第三辑：望水

第四辑：雪，或者春雪

第五辑：獾

第一辑：霜降

乡村

泪水铺就的道路，是回家的方向。
我们活在火焰和灰烬里。活在火焰和大风中。
活在火焰和灾难深处。
你来到我的唇边。
我虽轻盈，但我像一块石头在梦里翻动。
我没有权利向这样的月光祈祷。
我无权解读田野上的星辰，浩瀚的银河。
无边无际的萤火的夏夜。
我不理解风的自由。没有资格将影子投射到田垄上。
流星像我的疼痛。朝向太阳的脸像堤坝一样僵硬。
我在苔藓里生活。洗濯浑身的寒冷。
我怀抱伤口，是移动的坟墓。
像乡村一样安静和昏昧。
像一堵坍塌的墙，占领夕阳的瞬间。
像雪，覆盖一切，就此终了。

声音

松鳌。奔跑的云雾挂在悬崖上。一面旗帜
我看见像牙齿一样的群峰浮出云海
这已经是第二次。黑暗的深谷里
长满了喉咙、饥饿和愤怒
我不能苛求它。我爱倾听
这是我如此之近听群山哭泣和发怒
寒潮来临。我在这里
独自经受，一声不吭

豹

落日时分，它没有山林
在城市肮脏的一隅徘徊
风撩起塑料袋和纸片
它寻找自己的仇敌
一只鹿，或者一个猎人。

铁网密集的影子像是外衣
它假装
强迫自己昏昏欲睡，意志消沉。

我将选择怎样的情绪与你相对
你灿烂的腹部仍对着远处建筑的玻璃幕墙
射来的余晖
每天如此。
喂兽人的铁桶钝沉一响
就像猎枪走火
它开始进食。

经由一条什么线路
你被城市俘获?
你用多肉的脚掌
在这里不停地走动
在四个墙角
时时变换着你的路线。

此时
森林的雨季许多花正在盛开
山腰上雾气蒸腾。

屠宰场

暗黄的草垛下歪立着系牛的树桩
草沤在污水里
一根粗大的骨头
从泥巴里倔强刺出。

在清晨发白的堤畔
三个老汉牵着他们的牛
爬上堤坡。牛的浊重的鼻息
像是雾霾。

垂死的牛，知道了自己的死期
它们踏着丧步，安静如初
无法选择自己的死亡。

但是屠夫还没有来
这三个老汉点燃烟，咳嗽
说些与死亡无关的话
田野的尽头
是一些道路和枯黄的庄稼
牛站着
它们等待刀子的问候。

霜降

鳞状的霜片在田垄酣睡
有好几个世纪
车辙运送着深深的寒冬
把它们送进庄稼的骨头
霜没有盐的味道
不会让味蕾战栗
顶多一阵哆嗦。底下
抽薹的油菜想着花朵
夜里，霜的声音噼啪作响
落在村庄
这田野上的霜
像一夜白头的青苔
它已经老了。

杀羊

内蒙杀羊不同，就是掏心
不砍头，也不出血
好屠夫从心脏那儿下手
一刀进去，主动脉就断了
羊叫着，心脏缺血
它终于明白，一辈子
每每天天
含辛茹苦地一口口啃草
就为了今天这一刀
一辈子，在茫茫草原上
寻找草缝中的羊肉
装满皮囊，就为了
让他们饱餐一顿
杀羊的人说，它终于没声
羊搜集草原上的羊肉
这事结束了
轮到它的子孙们再干

在西乌珠穆沁旗的心事

我想做个蒙古人
总有点令人怀念的英雄血统
纵马，摔跤，喝酒，唱歌
悲伤的时候拉马头琴
我想做个蒙古人
在暴风雪深处
在羊窝里写诗，等狼

如果，我

如果，我叫应松尔嘎
彝族，又黑又瘦
忧伤成性
我在石头上剁豹子
手拿弯刀
在月亮上磨刀刃
我裸身天天对着我的女人
在茅屋里性交
让巫婆接生
我在山上追逐一只兔子
最后化成
一座瘦骨嶙峋的山峰
成为当地的传说。

鹰们

鹰们是一个种群。它们飞得很高
常常被太阳之芒万箭穿心
天空没有霸主
黑卷尾和伯劳不怕它们

如果你保持警惕
风是最好的猎手
所谓英雄是因为孤独
群居的鸟都是混混

你在出现的时候才存在
因为天空高大
能往最远的东西才显渺小
一个点，远空之上
一再消失，就像卷走的一片树叶

一再写鹰
就像酝酿了很久的一个
寻人启示。

一个酒鬼的旅行包

一个酒鬼的旅行包搁在
清晨街头。有些烟蒂
人不知去往哪儿
独龙江在不远处咆哮着赶路
这个酒鬼，一直沿着大江独行
他大多时间是清醒的
内心幸福、高旷
行走的时候孤单美妙
背着行囊，与高黎贡
碧罗雪山、担当力卡、普卡旺
那些雄伟圣洁的石头说话
他醉卧街头，独龙女子给他一瓶水
他望着星空，灵魂与巫师的喃语飞升
他看到了血腥的剽牛和纹面老妇
他与他们说话，吃生肉……
太阳把所有的群山照亮
云彩呼啸
在独龙乡善良的清晨
一个远行者的背包
像等待一样
搁在街头。

默哀

在中国作协九代会开幕式上
铁凝提议
为这五年内去世的
三百多位中国作家默哀
我记住了
陈忠实　张贤亮　雷抒燕　还有蔡其矫
噢　这些闪亮的星宿走了
作家们依然开心地见面　合影　欢笑　寒暄
北京的天气忽冷忽热
有人感冒　有人口腔溃疡
有人吃玛叮啉　有人便秘
在默哀的一分钟
我想到陈忠实沟壑纵横的脸
五年前　他也在默哀的人群里
现在这张脸在天上
也在白鹿原
还有张贤亮
也许他还走在大西北的《绿化树》中
这短暂而漫长的一分钟里
传来许多手机微信对话的提示音
活着与死去
也就是一个微信的区别
总书记提到路遥的墓志铭
像牛一样劳动　像土地一样奉献
这适合所有勤劳的作家
墓志铭相同　墓碑不同

一个作家的墓碑是靠他的作品垒筑的
埋头写作吧　就像牛埋头拉犁
其他的　去他娘

喊爱的人

你在爱的黄昏喊爱
嘴唇干裂，北风无情
爱已像很久的那场雪融化了
你虚拟了一百个爱的场景
那都是属于别人的——
他们从不歌唱爱，却享受爱
说到底，这个世道的爱
都被肉欲剁成了肉酱
喊爱的人，踽行在傍晚的北风中
像一只寒鸦。

我死后

我死后
会有许多人恨我
会在夜半一个人笑出声
包括那些我改变了他们命运的人
哦，那些畜生
他们的欢呼是我最好的墓志铭

我死后
会有许多人爱我
会躲在暗处悄悄落泪
会想着我的好
曾是这个世界唯一的和所有的温暖

我死后
会有人偶尔翻到一本旧书
惊异于过去时代优雅美艳的文字
浩荡翻滚的灵魂
在我的墓前
看着清冷的风
想着地下曾有一颗心
如此狂烈孤绝地在这个世上跳动过

2017 年 1 月 1 日

我想赞美这遭损毁的世界
爱那些黑暗中施爱的人
纵然恶魔在我们身边
也怀着天真欣欣前往

那些从不躲避 陪你垂泪的人
那些与你一起愤怒的人
纵然歹意在暗里横行
我也要赞美善
像冬日溪流的阳光
悄悄抚摸这世道的寒冷

人与畜

那时候，五十年前
一个地铁长椅可以坐八个人
(那时有没有地铁 ?)
现在勉勉强强坐五六个人
都是因为猪啊鸡啊鳖的脂肪
变成了人的脂肪
于是如今的人都长得像鳖像猪像鸡
以甘露云雾为食的人没有了
肤如凝脂手如柔荑的人没有了
连瘦子也瘦得像山里的黄鼬
露出一口犬牙交错的牙齿
那些眼袋像卵袋的
肥得像槽猪的所谓人
滚滚而来

无题

我爱这江畔早晨
恶人却注定
一辈子活在恐惧中
恶梦连连
这美妙的小舟
像一阵鸟声
落下的样子

梅花落。梅花枝。梅花诗

春心一寸蜀道寒
晴雪几垄楚天痴
未解梅花漫天舞
已是风雪夜归时

我无法盼你
江边的码头在很厚的积雪下升沉
趸船的缆桩空空地落满
涛声。江鸥寒哑
我无法盼你
这不是出差的日子，领导没筹划
这月你踏雪寻梅的路线
旅差费锁在出纳的屉格里
出纳和会计在炉旁
煮薯片

梅花落。梅花枝。梅花诗。

摘两朵就走我想过。在图书馆前
那儿的路灯早坏了。摘两朵
夹在笔记里就跑我知道
我还没有弄到两朵淡红的梅花
在高楼的平台上有女孩朝下面摔雪球
我本想朝她们潇洒一笑的
但砸着后又变了脸

梅花落。梅花枝。梅花诗。

我第一次见到这么寂寞的梅园
有一双男女在那儿画画
男的往女的小手上哈气，画呢
不过是一枝梅，布局下几根枝丫。
我无法盼你
我未曾见面的诗人。

梅花落。梅花枝。梅花诗。

1985.12

初冬。珞珈山致故友

我发现那种高贵的光泽慢慢洋溢在
秋天的树群里。
古老的蓝瓦富有朝气。
我此刻在老斋舍的栏杆上，瞅着
对面的大楼。那金黄的树丛间
忽然冒出一缕蓝得要死的炊烟。
我看见身后有两个少女，跺跺脚
向教堂般安静的阅览室深处走去
我感到一种气氛。樱花大道上
是外语系学生。
更远处，向西的地方
北欧式的小楼，看得见狭小的窗户和尖顶
路沿坡蜿蜒
汽车开到山口，一眼
就见到了碧绿的东湖。

这是初冬。珞珈山的建筑都很古老
我沿着一个废弃的小亭随坡而下
松果铺满一地。我踢开一张纸片
都有人坐过的痕迹。我随坡而下
珞珈山的建筑都有飞檐
勾引我，以其高深莫测的学者风度。
在层次分明的金黄树群里
有门开时，一位名人出来
邀我品茶？并且摘去我头发上
一张漂亮的落叶。

1986.11

第二辑：中国瓷器

贡嘎山

贡嘎山，藏语为“白色冰山”、“最高的雪山”之意，海拔7556米，为世界最难攀登的雪山，至今只有20多人成功登顶，却有30多人遇难。贡嘎山脚下，有一个登山者的墓地，这些来自世界各国的登山死难者，现在静静地躺在这里，成为贡嘎山一景……

一

穿过世界垂直升起的一座祭坛
一万年冰雪的桂冠，一滴飞入我眼中的砂石
云旗奔涌，岁月窒息她的呼声
露着寒意刃口的地带。你水晶的面容
巨大的体积，迈上苍穹
我听见一千支法号在云端轰响
酥油灯跳闪在诵经的合唱中
转经筒，暴涨成金黄色的河流
圣殿的星空隆隆驰过众神的车辇
黑鹰蒸腾，像大地沉睡的鼻息
你一直在那里——一个令人震悚的高度
越来越远的传奇
风马经幡在劲风中猎猎飘动，它知道
死者们正蜂拥而来，往生的路上，人头攒动
更多的生者嗅着你的气息，从隐秘的渴望中伸出手
触摸你童话般寒冷的裙裾
越过世界，越过世界
到达云雾笼罩的远方，那也许是
一个人的高度；也许是一个人

可能会达到的高度

我不能阻止那些人，玛尼石堆像一个危险的深渊
它的路标复活了所有的梦想
天空的蜃景，地上的蜃景，所有的蜃景
穿透森林的光辉
云杉高擎起墨绿色的火炬簇拥你
冰川从天庭喷吐出巨大的冰舌
向着山谷的战栗尽情舔舐……
崩溃吧，雪山！我的信仰
高昂吧，雪山！我的天堂
冰雪化作柔软绿汁儿的水流
在恸哭中奔向饥饿的远方
沉香的花朵，钻石的容颜
高原圣洁永恒的死亡，像雪一样美丽

二

是谁想唤醒我，唤醒你们
是谁想收容我，收容你们
是谁想蛊惑我，蛊惑你们
天空孤零零的尊者
沉默的箴言被兀鹰的翅膀深深灼伤
子夜里心绞痛一样升起的折磨
不可遏止如飞鸿，如冰瀑的呢喃
在你每一个冻伤的路口
我看见巫婆冰冷的牙齿正咯咯锉动
大地之上横亘的山体，诉说吧，成长吧
你像石头的梦魇压在我的胸前

倾听吧，哀悼吧！这时辰
亘古的悲伤如灵旗一样飞扬

朝圣者是永远的行者

他说：比所有的死亡更真实

他躺在了大地的深处
注定与我一起毁灭和涅槃
在这条路上，总会有人死去
最后的尖叫已经化作微笑和耳语

死在这里是最好的选择

“因为山在那里。”[①]
她存在着，冰封着，高远着，孤傲着
“因为山在那里。”
她温暖着，俯瞰着，踞坐着，缄默着
“因为山在那里。”
她经受着，承接着，寒冷着，神秘着
“因为山在那里。”
她欣慰着，怒吼着，控诉着，坚持着
“因为山在那里。”
她暴虐着，安详着，宽解着，神圣着
被时间鞭笞的满头白发，呼啸成箭镞
像燧石的籤语，点燃茫茫的黑夜
那些日夜想靠近你的人

---

①登山家马洛里被问起“为什么要登山”时的回答。

恐惧像原始的热爱一样痛苦深厚
就是这样，你的存在，折磨他人
这崇高的高不可攀的雪峰
闪电的阴影驮着香巴拉的梦境
在匍匐的辉煌中，缓缓从地上爬升

三

聆听吧！灵山的耳朵
那疯狂的尘欲曾把我像疯子一样赶杀
我的双足溅满道德的残屑，告诉我说
我的血正在我的血管里暗无天日地奔流
他们什么都不缺，唯一缺少的是来世
香巴拉，庄严的国土，你招摇的身影把我们隔开
卑贱的雪，年复一年地堆积
成为我们望而生畏的高度，每一粒
堪比白金
你终于为遥远的严寒和寂静所淹没
成为天空的疆域，狠狠地压下我们的欲念

我坚信，我的内心还有另一种声音
我的脚下还有另一条路
我的目光还有另一种注视的方式
我的灵魂还有另一种白
贡嘎山，你是今生也是来世
你是大地也是天空，是走兽也是飞禽
是水也是云彩
你用冰雪凝固的泪所填满的高岩
壮阔的体形，终日熠熠闪烁的古老情怀

在北风淋漓的地方，在传说的最高处
更改着我们的生活

我要创造自己！
贡嘎山，我将要创造我自己

漂洗罪恶大地的泉水，洁白的仙鹤
请借给我，借给我一块石头
坚硬的冰，撕裂巨大的痛，有如创世的箴言
在森严的雾霭下面，在雾霭之中
在孤独的半天之上，借给我——
借你的银白为我的银白
借你的远方为我的远方
借你的选择为我的选择
借你深寒的沉默为我的沉默
借你的狂暴为我的歌喉
借你的居所为我的憩园
——在众神风雪弥漫的寝殿①
金色的旗帜像洪流漫卷
那冰冻的梵音，沉沉如日晷的投影
如星辰的凝视、爱和慈祥的起源
成长的风暴横扫无数白色的山脉
一汪汪海子上凝眸的眼神，像青稞酒一样沉醉
那些真实的幻影，钉在地上
是长眠者的背景

---

①传说贡嘎山的三座山峰是被一世达赖根敦珠和五世达赖格桑嘉措册封过的神山。这三座神山分别是文殊菩萨、观音菩萨和金刚手菩萨的化身。

征服的心，劈开峭壁的利剑
插在最高的祭台上，淌血而卧
来吧，人们！随我的脚步
一起向上攀登
让我们像深秋的红桦和醉木，和一起喊叫的树
漫空沸腾。飞扬的种子在久违的欢乐中
落入透明的水晶墓穴
这永恒的花瓣，纷纷扬扬
覆盖了我渐入安详的梦境

四

可以企及，又不可以企及
可以抵达，又不可以抵达
可以相拥，又不可以相拥
可以倾诉，又不可以倾诉
可以托付，又不可以托付
可以亲近，又不可以亲近
这里，睡眠的深海波诡云谲
神话的摇篮，必须的付出
——沿着这条死亡之途，香巴拉的坟墓
旋风掐死了所有的路
踏着黑色的天穹，生命的碎片仍在闪烁
破碎的山体裹挟着冰川和你的誓言
神的礁石撞翻了一支支云帆
我注视着，落叶萧萧，青苔泛上你的名字
野花像一滴往昔的泪痕，开在死神的指缝间

他曾是被母亲和情人呼唤过的名字

（还在继续呼唤，喃喃如梦里）
他曾是一种摇动大地的信仰，滚滚的冰雪；他曾是
一个默默无闻的人
（今后仍将默默无闻，名字在石头上剥落）
他曾用嘴唇亲吻过花朵和婴儿
他曾燃烧，是一首抒情诗的神秘访客
是一个意念，一种登山的装备
一双牦牛鞋，一只冰镐。后来
他曾是一个失踪的信息，一只冰爪
和一片衣物的碎片，被野兽噬啃的残肢；他曾是
永远失踪的名字，一个衣冠冢；他曾是
亲人的眼泪，被凭吊的人
他曾是风马经幡中送给神的一匹白马，一道圣餐
他曾是死神的佳宾（不请自到）
他曾是我们中的一位
一个歌者。一个执拗者。一个灰尘。一个异想天开者。他曾是
一个卑微的人。现在，他只是
用錾子刻下的生卒年月

他曾是他自己

五

沿着香巴拉的坟墓，花香满地
弥漫的云旗在最蓝的地方依然闪射，年复一年
巨大的建筑和最小的穴
无垠的穹隆点燃永生的灯
他的嘴唇在地底下，像红叶一样焚烧

记住：在最远的地方，我最巍峨

为我加冕吧，天空和大地的孩子
你峥嵘的深夜像温柔的诉说
走了一步，就走了一万步
登高了一丈，就登高了万丈
那些刻在石头上的名字，苏醒在神祇的呼吸中
我无法抗拒不走向你
那一瞥的惊鸿，注定让我断肠千里
最初的山盟：生命的信物
这唯一的选择，让我万仞高歌
以你的名字让我落难
以你的名字，让我悠然长眠——
将征袍铺地，坐看云起
我已经解开了生命的亢奋期

记住吧！在最远的地方，我最虔诚

呼啸的风声在山顶上，传诵着那些名字
只有大地才能听见
高原世界的独行客，被死亡雕塑的雪峰
黑色的鞭子，蓝色之王
天庭的秩序，一成不变的威严
你随时间死去的血，重又复活在我的嘴里
不！我决不能像猪狗一样活着，我决不
我的死亡出现一千次，我也决不回心转意
抛弃我吧！贡嘎山
仇恨我吧！贡嘎山
痛哭我吧！贡嘎山
——那风暴中的传说和皇权

我头枕诅咒的陨石，在巨岩的隘口向你大喊：
我只有爱你，才能永远……永远……永远……

2007年9月29日—11月18日，贡嘎山—武汉

中国瓷器

中国瓷器

谁是我？无数条黑色的道路
任意捏合的深渊和浮槎
升起：原罪如光洁之卵
被时间韧成宫门

谁徘徊在我之外
一瞬间的惊异，触摸到
冰洁的火：一片天光
把我界定在你们之上
挣扎。或荒凉如水，或丰腴如水
成为天空

不断穿过岁月的绝地
我是被季节抛弃的箴言
包容一切：在太息与清歌深处
在云深处，超越季节的色彩
毫无知觉的体形封闭于凝视
在破晓的鼎香中，袅袅
飞翔如凤尾
月琴之光。幽然的庭院踱于槐荫
钟笋叩响金属的门环
血凝固
触动稀落的蝙蝠之翼
我在长阶下？抑或

显露长阶之秋水

一个余音
神秘如南山
只有绝对的低语照清风明灭
北冥有鱼，展为鹏

火固土而得土，土在身内
遥遥地
越飞越远，越飞越近

那么，唯一的建造在这一刻
宣告万物的风化
进入到东方引颈的鹤唳之上
在破晓：对着青空

九连环

他们同时感到了
射落的九个太阳之火
指尖触地，祷成伟大的流浪汉
他们朝拜于自己的第三只远足
一片桃林：纷落的梦舟

他们同时感到了九个城门
洞开的风
隔着护城河，衣袂
长啸于夕阳
月楼在箫声暮杵中

咫尺天涯

他们感到时间之茎环成钟流
累累果实点化为
沉香的眼睛
灵魂附在阴阳结上
上升即是降临，死比生更完美

自由不过是一次解脱
解脱
不过是一次机智的突围
从一个空间导入另一个空间
钳制，不过是
唯一的自由

在东方的迷宫里
一个盲点，导入太极
化为无角度的异彩
荒原之道，浩歌之道
无声：轮回于千古
天堂或地狱，奉献或收藏
全握在
一只东方游戏的手中

仅仅是一个环结。

围棋

远方的层岭轻轻一推

便是你：在青石之上
叩手于扇墨
须眉的沉雷在泉声处
疏林向晚：君为云态

蜥蜴伏向风水之界
晴雪山寒，梦蝶寺暖
原力为阴阳：极，栋也
天象地形，篝火狐鸣流霞的鬓丝
赤帝斩蛇游鸦的黑背
君为云态

被你轻轻指染：天地而不交
为否；错杂为泰
铸入无鳍之鱼，无翼之鸟
无星之夜
而圆寂：君为云态

只有一山之披皱淋淋
古筝渐起：冰河铁马潜行
祭成一炷香火
归人斜窗，化作点点乡愁
在石上：君为云态?

墨

如歌的行板壶中蜂来
簇拥我
消逝于天光开启之旦日

之宴船如电曳风火

何处传来的嘘气
没有人为这一刻而欢呼
杏花的笛声残落驿铃
一蓑笠翁，渐于板桥之竹
在路上，归鸟如林

在纸上。荷锄
而忘其菊篮之九月
茅亭深落日，归月万仞
食贫山水寂寞的薇菜
万物皆空我独满
欲藏名山，却遣云龙风虎
只有这一滴我自忘醉于浑沌初开
我自酣畅
如仙人之迹，如我之境

我去，或者我来
都只存在于一瞬间。这就够了
重又飞壶入梦，以无为之为
柱于天地：同气相求

中国盒子

罗袖的蟋蟀是不再响了
深院飞鸿
一片潮湿的霜迹浮出井台
而月光如水

照你在断弦而歌的红漆木下

端端正正地坐着，面壁
如石核之光流
更深的寂静是
盒子套着盒子
盒子在盒子之内?
盒子在盒子之外？永远孤独

锁。锁在锁之内
锁在锁之外
打开时，是一只盒子

还有更小的盒子在深处

而你复出：斫木而归
太多的桂影被冻雨吹暖
酒唇渐哑，四野无风
空洞的道性是一只木胎
孕育千年?

盒子在盒子之内
盒子在盒子之外

折扇

于是尘啸在摇影的松下悄然退去
一掬象征之水，倚着
行吟者的长歌

被无端的归宿所牵制
远去，又回来
静如孤鹭之羽
自阵风下翩然而开

说不出悠闲相叠
拂不去脉印如夏
永远拘守在一个面上
端凝：一千种履历
封锁在唯一的坐标点上

翻手为云，覆手为雨
独我清醒：暮想朝思
如飘淼之天籁

我的皱折是久已存在的
或欲乘风归去
或欲画地为牢。几点墨
在扇面：浑如相叠的日子
以封存的方式
又被日子潇洒展开
为千古之风流

1985.9

楚国浪漫曲

盾之歌

我们原都在一张毫无表情的脸
之后：呐喊的嘴空洞张开
红缨之火共为荒血，眉骨如多雷暴的山壁
而牙齿坚硬有声。另一只手的剑柄
插在土里
　　　　　等待发芽

这片天空我们捐去得太多了：悲歌
行如击败的老豹，孤独荒原
我们谁都无法展示自己
以同一的姿态亮相：五月是无辜的
犁头与香兰无辜，河流无辜
砍倒的相思树下，依然有箫声。

理性的面具。只有透过你暗处的彩鸟
廓清为一片树脂之光
像雾穿越过林隙之晨
一种渴望。而血在祭祀中
粘结为铜符，最伟大的冲动
严守在一张楚国的盾里，熠熠生辉

因此，那暗中的彩鸟只有在死后
把我导入另一个境地，一个临界：
以它投向命运的一瞥

而站得笔直：显出对峙之美

在尽头，将有一株兰草
从斜陷的车毂中，向沦亡之土
天真地开放。

蛋壳彩陶

那火熄灭了还在，目光无法超越
河流在烤红后孵出
黎明之星。

那火游动在荆棘深处，犁尖斜插
添柴人已打响呼噜
温暖的霜霰溶解为大气，他的酒壶弃于草莽。

他是被火刺激的祖先，太阳的骄子
生命之源的最初形式
只有在酒意半酣后，看夕阳散为流霞
他拖着巨大的影子从远方归来
说：天空不过一卵而已

于是这容器空空地回响着他的声音
那声音蜂拥为太阳之潮
他崇拜火，他的手却抠进
那司空见惯的土里

（无论怎样也无法吮到
古老的蜜，古老的光与土味。现代之唇

贴向那陶沿时，无论怎样
也贴着他的体温。）

宇宙不过一卵而已

而谁从他的脯羽下，抖着湿毛向我们张望
谁那么稚拙：孵于那透明的火卵
是你还是我——向千古轮回
一只雏鸡。

竹简

竹简是竹中之竹，是精美的片断
以黄金的喑哑备下未来的位置
该摇曳的让其腐烂
用刀戕，用火烙——该记下的让其记下
想想撤离时还有什么没能带走
伤痕是深刻的魅力。抚摸时
像摸到一个饥饿先哲的肋骨

因此从笛声中，我听出
另一种竹子的寂寞与悲哀
另一种竹子在豆灯下刻着：也许有过呻吟
每一声呻吟便是一段历史

竹简是竹中之竹，是精美的片段。

哦，透过长髯淹没的一声长吁
最后几颗星辰

也黯淡如远方的岛子：不过是无声的嘴
劈下几截新竹么，那苍苔
便泛上衣襟。

存在是有限的。此刻
死去的竹子以黄金之语向我们蔓延
存在是矜持的：一片竹简
也可以旁若无人地穿越天堂与地狱
作为永恒的签证，竹简寥寥无几。

棺绘

死亡也是一种象征。看他涉过十月之河
那灵魂像山影撩水在故乡
没有边界。

那图像久蓄为槐荧之光，灿烂如
豹子走动时从骨节揉出的质感
野牛之蹄劲踏浅沼：血喷为荒霞
雉鸡的尾翎拖过岩松，硝烟淡散
他的铳管静静直立

对于他，死亡是一种快感
无法体验，却偏要更深地体验
死亡不是多余的仪式

他在眼睛西沉的河岸上坐着
招引谁？冥想中流贯出
花之精、兽之血、鸟之影、风之波

笔尖掣动血管，一滴为永恒
生死无界，一切都会归来
以庄重华贵的车辇
隆隆地驰过环廊，到达永生之门
不仅仅是留恋：他歇下来
弓箭搁在祭坛，他早已射落了人世的欲望
只剩下美，有如果球带向刺猬之背
带向深秋：一罐小小的种子
滋养荒野——死亡是一种风景。

风神：虎座飞鸟架

那羽毛向强风恣意张开
虎的悲啸拧进石壁，骚动的花纹
在枷锁之下，鸟喙
劈裂时间的峡谷，说：风神在此

盗鹿角为翅，你且把虎背作舟
超度向茫茫空河，众神之父
虎不复为王，麝香的欲望飞临
奴役那一团暴跳的荞林之火
终身的渴望铸为哑石，说：风神非鸟

而紫铜以钟的形式向天空发言
远雷泊在夏季，在利爪下
音杵悸动，长袖半掩蛾眉
鹿的跳闪却超越深谷……风呢
谁也不敢走近，谁都能够走近
古老的错位，风呢

风神是一只怪鸟，说：风神非神

丝绸

三月空旷得像欲望
漂着落英的河流如此俏丽
天空固定在深处，颤栗着蛋青之色

从深深的井底渗出沙粒：清冽如情韵
风是一种前兆，风消失在
莲荷的步履中，成为怀恋。

那些得到女人水波的手
久久地酌取着
东方之月。穆斯林的铜壶静如处子
威尼斯漂浮在象形文字之中
最后一匹骆驼倒下，岁月之夕
却把一双空洞的眼窝推向
桑林的雨季。

丝绸泛滥。那水是一樽
被中国轻轻敲击的水晶杯子，发出元音
把冰释为少女的唇意
把痛苦沉淀为眼中之盐
风暴的愤怒摇醒水手
金锚到达东方的岸，包裹在传说中
闪射出秋水。

他们谁都不相信那纺轮为陶土

母亲转动着漫长的北斗
比茧子更封闭。丝绸是自足的泉水
永远卷不起飓风，撩她的裙裾在五月河畔

噢，哪一天醒来，哪一天
在汲水的牝鹿中瞧见自己的影子
哪一天追逐水草而去，发现我
成为一块白历历的石头
无声，古老，作为河流的见证。

鸟在聚集

鸟在聚集，在一个滩头
芦苇的花正迅速凋谢
鸟的降临突如其来
抢在猎人之前

喉声不断，这些鸟
像是误入歧途
这些走南闯北的群体
申诉着，代表了风水

这些鸟临风而立
叫声中有满腹心事
这些风水，孤独无援
它们寻找着温暖的家园

瞧，鸟在滩头聚集
喉咙里滚动着无边的心事
这些鸟，成熟的信仰
像六根清净的道德，独行无语。

农民

你故意营造一个荒寂又遥远的村庄
让我忧伤和无望地怀想

你故意让院墙坍塌，道路泥泞
让微弱的灯，点在黑暗深处
农耕时代的幸存者，像民歌
依然为我们提供食物、大豆和烈酒
和泥土的气息
（泥土若没有人翻动
谁再会怀念它呢？）

庄稼和家园的看守人，衣衫陈旧
用汗水取暖
在田垄和阡陌的铁链里挣扎
像他们的祖先一样
对付野兽、荒草、干旱和洪水
像祖先一样
在阳光下暴晒，眼里满是哀求和诅咒

时间已经过去几千年（甚至更长）
谷穗的形状没有改变
犁和耕牛的形状也没有改变
牛温驯的时候，就像他们

只能打动微小的自己
望着田野，抽着烟

一次次在心里同庄稼说话
这些喃喃自语的人
唯有与雨水呼应

这些枭首鹄面的人
被飞速的现实一次次遗弃
就像自己的院落
成为时光的战场

他们会牢记祖先的遗训：
每一年，即使饥饿
也要留下种子

虎渡河的子孙

我的故乡虎渡河流域，是历史上有名的水患之地……

听凭什么要忍受无辜的蹂躏
当梦被憋死在深渊，秋天被湮埋
连悲愤的呼喊也一一掳去
虎渡河人，从洪水中站起来
扶住大地的晕眩
从裸向天空的树根之手接过日子

母亲，哭也要为这片劫后的土地骄傲
泪光中，是你挺立的子孙
这是唯一不死的树，值得心碎的树
就凭着这一树浓荫
太阳会再次回来
燃烧这片坚实的希望

于是，在重又开始的生活里
突然闪射出犁的锐光
这是祖先的秉性啊
你们就这样不屈地走来了
以被死神无法打断的行列
又一次庄严地集合到一起
心是惨痛的吗？它却更温柔地
亲吻这昂然升起的炊烟和白扬
它凝结成一个铜的音符：唢呐的音符
像一粒种子，沉甸甸地砸入土中

被洪水浸泡过的虎渡河人
也许，苦难才是你最大的财富
我始终不明白
在这惯于沉沦的岁月里
世世代代，你们的脚竟没有挪动一步
水！罪恶之水，侵扰梦境的污浊之水
从来不会宽恕你们
而你，也绝不肯宽恕它们
顽强而忠实地死守着这块土地

啊，只有贵重的心才不会漂走
只有不甘打败的英雄
从泥淖中爬起来，唯一的渴望
却是要抓住犁柄
而你，将会怀着何等深厚的爱
倾听这硪歌又夯打路基的节奏
倾听这棉铃在田野摇动的秋声
你又将怎样哽咽地祝福
母亲多皱的脸上归来的一抹笑容……

虎渡河的子孙，一颗心
一颗比波浪的叫嚣更强大的心
曾在洪水中千百次地淬，淬
我才懂得：这支苦难的生活之歌
为什么在你一代代的血管里
越唱越深沉
越唱越坚韧

我们将珍藏这支歌
这是唱给所有游子的
最深情的乡音

少年与野山梨

野山梨从你的故乡伸出手来
你站在小镇深幽幽的雾中
你看着我　山梨的汁
淌成了你的乡情

而你的故乡我不知道
知道了也无法走到你流云的门口
（也无法把你空对青山的一截短笛
裁成我那枚邮票）
少年少年
你学会了和野山梨一起托腮沉思

小小的青梨少年是你
我们同在温和的八月相逢
八月的野山梨滚落了一地　而我却
永远捡不到一颗

山梨还记得那瘦瘦的少年么
少年的背篓总是背在身上
野山梨听到了寂寞的笛声
就知道是成熟的时候了

野山梨　我终于从带露的叶子上认出你来
石头里没有糖
你长在石头上　终于
甜甜的野山梨带着我
漫山遍野地跟一个少年奔跑

妹娃子要过河

金哪银儿锁
妹娃子要过河

你滩上的石头被水冲得多亮
天空有多亮
你的彩石就多亮　妹娃子
十八岁的龙船泊在水湾

一顶红纸伞你向摆手舞撑来
撑不去竹楼月华如盖
穿号子穿在心眼上　妹娃子
别家的龙船都荡过山边了
你拿着绣成五月的花　是否也
想象着菜花黄时
梦见了坳里的娘家

圆丘屋场边生着一株水杉
水杉里有一个不想唱歌的妹娃
水杉老了有牛角号的梦　妹娃子
妹娃子是绿荫伞盖下
一株怀念的青霞

金哪银儿锁
银哪金儿锁

过了正月是酉水的花汛

酉水的白光含着丛丛蕉红
金儿锁一对是隔山的簰歌
银儿锁一对是簰歌缆头
解不开的情结

红纸伞　你的红纸伞真鲜
鲜到野蜂儿误入了你的篱院
妹娃子站在山顶上
高高的石级　搁着你摆衣的木盆

妹娃子要过河
哪个来推你嘛
——还不是我来推你
艄公你把稳舵哪个喂呀咗
哪个喂呀咗

油榨撞击着深宵

夜深了，而一支歌
还在钝沉地榨响
榨响在田野深处

从这条岁月深深的辙印里
榨木，忍着你的孤单和朴拙
都说乡村是静静的
在虫吟、风声和无端的梦呓之上
只有你，一声声
启搏着乡村的呼吸

命运的单音节，男人的语言
用挤压和榨击传出来
土地的钟，当你敲响
便渗出浓浓的香泉
最终显示自己

无声的怀念，榨木
在你消逝之后，在城市之夜
我想起你
一直到更深人静

最寂寞的乡愁结在榨木上
没有人撞响
永远折磨游子的梦境

一群人

1

他们歇在石上
这最终堆进背篓的苞谷，完成了
一个季节。又一架山梁翻过去了
他们在山顶喘气，弯曲的背脊被山风吹成弓
伸展——也是弓所限制的姿势：
欲射什么？永远的期待
　　充满韧性。

他们坐在这里：目光的阴影
把红色的山梁推向远方。这是秋天了

这是从石缝中跳出的一群
与石头盟誓，结为亲缘，给它以生命的许诺
从那里抠出结实的食物——喂给日子
结实得清贫而金黄。
太珍贵了！全部岁月的磁力都嵌在脊梁上：
太沉重了！以至于
他们滞缓得像一条古老的河谷
把生活本身的质感，强烈地凸显。

2

石头的面孔。这群人

当他们重新上路，依然是默默的背篓之雕：
像一个久已风化的神物，简单而永恒
用时间和非凡的理性之手
琢磨它——在山中晃动着
显示出与土地同等的分量。手却垂下
像他们飞土逐肉的先祖，在这里
寻求着生存的理由

3

然而他们在苞谷的酿造中，发现了
一种醉意，一条潜藏的河流。

脸对着洪水
扶起那哀哀的苞秆吧
拢回女人的啼哭吧。说：贱娘们
……而你们走了
在流失的地方重新垒起石块，像垒起自己
生活就是这样：安排毁灭，又反毁灭
阳光重又搜寻顽强生长的植物，烫热晴晌的鼾声
远山被镀亮，铺上一层隐忍的光辉
就凭着十个手指
使一个蕴含菌类和血液的红土世界
结满苞谷
成为
有人生息的标志

4

岁月在山路，随着这群平凡的人流连
结实的苞谷紧贴着他们。
收获是沉重的，路
踩平了所有棱角，光滑得像一面镜子
留下一片微晕，一种向往
一种背影远去后
故意留下的空白。永远走下去
永远是肃穆的秋天
像一群上山的背篓——为种苞谷者备下的
盛具。

山林

最后一缕空烟
从泛蓝的铳管捻熄了
馨香的土硝醺醉了我的呼吸

但我拨不开猎人那山谷般的
眼神；拨不开和芳泽一起幻旋的
豹皮纹饰；拨不开
和青峰云霞一起跌落的
雉鹰
流苏的羽葆如远古的山魂……

你可是先祖屏息的箭镞
凛冽的呼啸只待一跃而起……
这里，我总记得
驾双翼金辇逐兽的东君
弯弓轮圆的天穹之下
是飞流的风云……

——看我，并无佩剑走入你的山界
而浑身的筋脉却已微微肿胀
——这山林孕育的灵动

郢都月

古城的墙墉上
仍似有逐鹿的旌旒消隐去
留一角干戈寒立的箭楼
作紫骝翘首的雄姿

但是猎骑的蹄音
牵不动罗敷采桑的媚眼
高城的暮箫里
也还有浮鼻的归牛……
我不是飘泊的羁臣
在这禹王庙下的息壤历数如篆的萤火
——长髯向晚
一颈热潮枉自送给秋风

我这里——
百里新秧，轻轻一月圆

芳野

芳野，隐隐地
在数匹骊马嘶鸣的尽头

然而蜃气揉动的草甸上
我看见一群刚刚濯足于荇水的村姑
隔林有环佩叮当的梦韵
她们信手掷着红唇般的相思子
天空，那溅起的笑声是瓷蓝的
然而在菖蒲和古墓之上
有一炷墟烟，幽寂
如祭神的鼎香
正午的江流如犀甲的碎片在远方闪耀
将用哪一竿《竹枝》荡绿我的额发呢？
我还是要
轻吹我的口哨

唔，远烟忽被放簰的号子惊散
那岸边，一坡石径下
有祖母的瓦盆

白帝城夜泊

端砚的浓墨，泼去了
你的江声
新月之畔的峰柱独自峭然
似有苦眉骚客
吟我锚链上半明的露滴
这诗卷的高崖随风开合
栈道蠕动……渔火
寒浮在低云的烟波上

把这巴山姑娘的砧声
捣进长阶吧
长长的——
将引我踏上哪一级衣袂飘然的太息

嗟呼！这孤城
我抚读过你碑碣长镂的
江陵绿野

我——荆江之子
早备下一剪雪帆，在梦中
驶入母亲的晴窗

小镇

渡口失落在薄雾里
青瓦似的黎明
有婴儿的项圈在梦中闪耀
屐声踏着小巷的悠长
该是别离的时候了
窗前的蛛网上还悬挂着残星

当你醒来
竹篦梳理着隔夜的思绪
而磨坊的岁月还在悠悠转动
吊脚楼　水母似的红纸伞
撑出的一小片晴空
还带着芦花枕上辗转的梦痕
爱情的典故
绾在妇女的发髻上
陌生而又宁静
陌生　而又宁静

让那朵紫色的豌豆花
永远夹进你清纯的记忆吧
夹进你诗中的呢喃
驳落的排门像稀松的键盘
搜寻着节日爆竹纷飞的春雨
等待你的来临
那一盒精美的纪念邮票
我将一枚枚回赠给你
让更夫的梆声
盖上邮戳

老人的河

——怀念曾卓

1

向着河水的尾光，你带来
被血抹亮的晚桅
扑向梦，建起巨大而宁静的屋顶

河。发热的链槽
磨损着命运的石壁
繁响中，远岸蒸馏成无垠的蓝色
就这样注视它：古老的花园
无数青色的大鸟从云隙飞向眉结
温馨的风
慢慢平息了浪烟煽起的热望

2

但是，只要在路上
就会骤然凸出船歌
游动在神秘的晴帆之下
一直向波浪的废墟
装饰着强烈的螺号如回味

像最初一样，坐成礁石

朝拜于永恒的流水
（你这人类精神的使徒）
被声音抚摸，雕出冷静的耳朵
——最终宽解了一切不幸
一切的生命之水

3

痛苦的力量压进额头
——被浪横；被刺醒
河流神奇地返回自身时
一种苍劲的血，使纤更古老

在漂泊的荒原围猎自己
像一粒黑色的星星在峡谷焚烧
老水手，你就这样
爱一条忠实的河，叛逆的河
　　拒绝悔恨的河
浑如五月之光的女人河

4

河！带着很深的印痕拥抱你
汗的圣油涂抹在划桨者的背上
河底长眠着纯绿的卵石
你终于在一个很平凡的船头出现
以篙钩的月牙挑落了暧昧的叹息
舷水拍打着铜的沉响

你突进岁月，流浪而高歌
那就是水手！

5

哦！俯向这永恒的浩劫
让水梳理着指缝的时间
光辉的秩序！河流啊

河在风暴的啮咬后面向你
——河面向你
悄悄地
绕出故乡的岸

而一个深藏的碘与盐之海
就将在凝望时，从眼中
　　慢慢浮现

我想起你，兄弟

思念像夜雨敲打着灵魂的板棚
晚潮的低音带来四月的消息
——兄弟，你在哪儿呢

我的心依然漂泊在江上
有如散失了龙骨的船篷，此刻
只有你懂得我经受的痛苦……兄弟
来，你的水手刀划破我寂寥的皮囊
注入河谷的强风
哪怕再一次让我尝到纤歌的滋味

我想起你，兄弟

无数沱水冲刷的石头还留在岸边
跨越一次次沉船
进入到渔火深处
即使留下命运的爪痕，比时间更古老
而梦啊，却像轻贴帆桁的云水
远去又飘来

这一切都覆盖在远帆升起的第一个正午
你浑身涂抹着哗笑的波浪之膏
从软泥中拔起的锚，还是黄金模样
我想起你，我的守望像河床
不屈的桡片正导向绿藻深处
荡起了水妖纷发披肩的语言

那是另一个地带。我记得你的歌唱
你风暴磨制的目光使夕阳更远
但信风总是从四个季节吹来
粗糙的陶碗在甲板传递
你的痛苦模拟成海，伸向明天

我注定要结识你们，水手
我的眼里有盐，歌中有船骸的碑石
我终于留下这无法追忆的一切
留下你伸过来的手
使沙滩松弛成月光的手
留下你红色的救生衣，以及
密封在一个女人心上的豪情
一直到海角天涯

离开你，我更孤独
凭什么要痴迷那卷入湍流的岁月呢
兄弟，你是被江岸呼唤得有些发哑的名字
想起你，我只能久久不眠
但逝去的一切总是被苦涩的船歌照亮
镏成远岩，在那里
——一片纷繁的回声里
你是演奏江河的荣耀

船歌

我注意到那些水手
那些升腾到天空尽头的水雾
一种声音向你袭来时，生命之水
在岩缝揉成的泡沫。那些粗蛮的影子
跳上滩头，紧逼着峡谷的尖叫
而雪帆的喷泉却放肆盛开在梦境边缘

从最初的一瞬到永恒的礁石
哦你，古老的响器，神秘的贝壳之音
灌满被远海吹送成微风的忧伤
你这唯一传响在波涛深处的祖先之血
忠诚的桨，不停地击打着
哪怕暗创的命运淬成陨石！就是我
承受过巨大的声响，压弯了舵柄的腰
把虔诚的意志固定在风暴裸层
太阳下，一根银针的船从此失去了踪影
但，我的爱——在那白炽的火焰下
因此看见了一双最女人的眼睛
透出来，浮现出永生的雾
在波浪的祭坛上深情焚烧
这群鹰的神游者，谣曲的歌者
在整个冬天就这样唱着
把洗濯于北风的微笑掷向天空
拍打着七色的节拍，从水到水
凿出岁月的铜号
一片迷离的光斑里

只有舵轴和骨骼在嘎嘎作响

哦，你复活在我的嘴里
你岩风磨亮的美也复活在我的嘴里
我感到那古老的歌焦灼到江河腹部
荡起水草的火焰，渐渐辽阔
像一缕烟雾飘去的香愁
在头发扬起时缓缓浮动

啊，波浪之子
撒开你粗暴的盐粒
向垒满石头的胸脯种植风暴吧
用峡谷的凿子游戏人生吧
现在，轮到我独自醒来
独自的我——回答它，永生的水手！

神女

三峡的神母，悠悠江河的模式
你柔和的躯体卧眠在波涛的睡莲之上
雾的披发绾结成红帆
你使我想到童年的谣曲，颂歌的尾音部
——伟大的情人！你恍如
安息在峡谷的女妖
宁静。忧伤。石头的魅力
你这水手绝世的爱者啊
你午夜编织的桅火被深沉的血汁传诵着
你的气息围捕我窗前条状的云彩
一开始就是浪漫！神女啊

然而，水手用说不出的幽默苦然抬头
他们的鼻子呛进风暴，嘴里有古老的咸味
他们看到你滋长岁月的根部裂成深渊
那无法愈合的痛苦被鹰带走
你，一段不能逾越的往事
操桨者弯曲的身影背负你
隔着夕阳，镀成望夫石的感情

哦神女！这似水的年华如梦
你披着晶波，荡绿的裙裾在哪儿漫游
你绵长的相思怀抱匆匆而过的水手
那处女的纯真，母亲的柔情
不断创造又不断毁灭在栈道之上
永远的仇敌——神女啊

但整个夏季都闪射着男人的肌肉之光
只有无法掳去的帆荫庇护我们
你解开童年的襁褓
让热力迸射的生命辽阔在午后
他们最终要学会沉默，像你一样无声

啊，该剔亮艏柱的神灯了
沉夜的喧啸已逼近舷窗
一只战栗的手摸到了启航的火镰
而你，神女啊，以你凝望的眸子淹没我吧
一直把我前方的蓝垄浸湿
从你的雾舟中升起星群
驶出一艘快帆

伏河

那一日巨大的孤寂在等它。那一日
飞鸟和银帆死了，黑色的羽毛
塞满洞穴。

那一日它伏下。便有了地狱
那一日它标志出绝路（它却在路上）
从苍鹰的投影下解开古老的意识
它留下一切，独独
带走了自己

光子的梦在骨节深处
隐隐作痛。匐行者，你的至尊原是
一泓少女的陶罐之水，是炊烟之树
是果实——宏伟的构造。你都留下
（除了仇恨，曾让箫歌呈现美丽的死亡
除了沐浴者的圣体
你唯一有权在时间的尽头
以手击石，描绘世界最初的影像）
除了你
谁也无法显示万物生存之谜
而你去了。另一种选择
使命运之旅流放出遍地孤独
水的语言被深深埋葬……然而除了你
谁配
进入你神奇的领地

那一日已经很远了，很淡
谁也不曾听见那歌哭似的愤怒
碎裂，又凝结成晶体，铸成一柄千古之剑
唯一的消息从一棵树、一串葡萄上间接传来
在山顶：根所听到的河流之歌

那一日为重归大地的节日
它默守遥遥归期，像珍藏自己的血液一样
惨淡一笑，与自己重逢

那一日已不像今天
让我跪礼于你的复活，你的天空之梦
啜饮这最终一日之蓝
这苦水，重创之水，凿石者无声的圣水
看世界怎样在你明澈的眸子间流连往返

这一日
也是源头。

1985.06 于鄂西利川

鹰川

光在扩大。光使翅膀更黑
在雪崩似的阴影跌落之前，它们
全被一阵风
　　　　　　固定在岩石上
河流骤然沉寂了
另一种神秘的波浪
与悬棺构成一个世界，构成一个面的
是鹰

鹰在这里，哪儿也不去
天空摊开着，冷冷地
更多的巢穴却留下风痕。而生命的长阶是
石头。最纯粹的甜蜜

使古老的石英燃烧着
　　　　　在一双真正的眼里
俯瞰到根的存在。而思想在攀援
采药者的腰索，纤歌的轻流
自此展开，自利爪下
展开是一种生活：透出清醒的气息

鹰，也许应该更高些。光的栅栏更远
不错。但是这些鹰
在这里
却悄悄显示着河谷之深度
石头之颜色

看——这一瞬间，山拔地而起
气流如宇宙之涡湍，天空拔地而起
这斩切崖岸底层的俯冲与转侧的
是鹰之梦

古水杉

很冷
那个冬季一直纠缠我。积雪之光幽幽
我热情的火炬全摆进
　　　　一片安宁的白色

还记得我吧——死去的种子
砾石之梦。我在一群流浪的石头中间
捂着遍身碎裂的汁液站起
燎荒之火最后冻结。我留在深坑内
看世界把春天制成标本，搁于化石之上
美丽的花纹烫伤了天空
从砭骨的长夜拖一线微弱的嫩泉过来
又乏、又困。已经记不清了
为什么独独是我
　　谢别了同一时刻的死亡
我，一棵树。一棵东方之树
一个偶然把几枝隐忍的手带进太阳的
幻影
曾被一笔勾销过
却是真正的
　　　　　存在。

抖抖身子，那挥霍的热情教会我
在最后的幸福之中，应该是
以绿意显示雪意。
让我们惊讶地看到一个片断，说：

那是水杉
让我们突然在一星温和的记忆面前
用严冬铸出的声音，说：这是奇迹

于是过去的一切
都从一棵静静摇曳的树上隐现：
石头、冰川、火、荒原之夕
说：这是一棵珍贵的水杉。

1985.06 于鄂西利川

世界第一大溶洞

这只耳朵已退到最后的边缘
被掏空石头，干干净净
待河流的巨根朽去，风徒然穿过
用空洞的岩石之雕
代替一切。

好像无法再退，这只耳朵选好了位置
它安静地
铺下无星这夜——枕石而眠

没有什么意图，一千万年过去了
它留下的图景依然是
寂静（它要求自己寂静）。脉印在石头内部
分离结晶之钟乳：心很古老
动一下
也许很长

像一只熟睡的耳朵，不是别的。

这世界已经排斥在实体之外，从空到空
它准备了
人远远离它而去，它也忘却人（生物
的气息很美，而它很容易忽略）
时间还有。它充分利用这空档
为自己巢一只夜的巨卵
孵坚硬的梦

不是别的
是夜。夜要求耳朵在眼睛死去后
张开——捕捉东方神秘的太极
触摸那永恒的运动

于是它听到：
那不安的死者都聚首而来，汲祖先之水
扭曲的石头搁在遗址上，回忆洪荒之伟力
冷漠，依然披挂遍体疼痛的颜色
扫进昨天，缓缓倚斜
成为嵌进岁月积层的
俑。

而我们知道些什么？我们这些人
不过贴石而入——像原虫
即使叩首三遭而拜，惊撞石脉之音
又能唤醒自己？

在白昼。那圆窗我们暗坐不语
摸摸这石壁，依然如故，依然是
遥远之星球，之智慧——超现实的稳定
毫无知觉。

1985.6 于鄂西利川

大众舞厅

听任这纷纭的脚步像一支昼伏夜行的兽旅
以其沉默和孤独在音乐的风暴中窥视
并且逼近——逼近夜晚：那个身着咖啡色披风的神秘艳妇
在狭窄肮脏的楼梯口，我猛然闻到了原野般的女人气息
她们将爬到最高层：没有电梯的夜晚，
　　那儿是大众舞厅。最高之所在——
当水泥和石块纷纷后退的时候，音乐的星群
创造出使人遐想的忧郁夜晚：没有电梯的另一个世界

最洋溢的活力起源于生命，表现时代和历史
在野性的节奏中，打击乐
是一个危险而又大胆的信号，涉过潜伏期
宣泄众多世俗的烦恼：从卡通霹雳舞到恰恰
和那些在理性的堤岸游弋的勇士
　　——个体户、掮客、业务科长、招待员、推销水暖设备的骗子
　　　　强盗、暗娼和更年期夫妇
最洋溢的生命起源于自由，最后也将如此
谁是文学硕士、戴假项链的公关小姐？
谁是被遗弃的情人？谁是无赖？
谁是风月场的老手
改革中的猛士？谁是负债累累的租赁承包商？
谁是赌棍、卖高价香烟的贩子？……大众舞厅
以最贱的价格向社会深处的欲望开放
在生活的底层，被半节制地纳入自由的轨道
以同一舞步拥挤着向前推进，直到一曲终了

这是最美妙的夜晚，生命的魅力在瞬间怒放
灯光像峭崖的闪电偶尔照见你的面容，一晃而过
你惶惑于一种恩赐。你寻觅什么，否定什么？
你，一支夜行的孤旅，穿过无数地带披荆斩棘
噢，这生命的滥觞，最使人孤独
除了内心的呼唤便是沉默——直到一曲终了

大众舞厅在拍卖你我优雅过的情调，拍卖教科书
电视剧和春药，拍卖我们司空见惯的景致
拍卖强力啤酒和大宝生发丸，直到一曲终了
大众舞厅是同流合污的场所，步调一致的节令
是偶尔发生的一场厮杀
是一次职业性的流行服装表演
完全出于生命的必然。在栅栏之外
我听到类似越境者的轻微叹息，像
一缕烟，OK，这春夜到来的大众舞厅，这些跳舞的人
几乎和我一模一样，这婊子养的大众舞厅
噢噢，孤独的猛兽与洪水，你的美令我惨不忍睹
你在水泥和石块的城市缝隙潜伏着，喘息着
在酒店的饕餮鬼和街头的流浪者之中，在太阳之外
在献媚和臭不可闻的讨价还价之外，在猜度和攻讦
在匿名信制造商之外，这些跳舞的人，这些舞者
生命与春夜的占有者，简直不卑不亢地与困盹告别
我听任这警告一样的呼唤，呼唤一样的警告，如入情网
在没有诱惑的时候我已经失足
在失足之后我皈依邪恶，我是大众舞厅的疯狂舞者
我是甘愿献身的一个，在众目睽睽之下
我寻找孤独的舞伴，寻找自己，寻找一个时代
或者一个世纪的末日，等待午夜来临
噢，狼一样的嗥叫——在荒野，泥泞的曙色

使所有的目的误入歧途，我骄傲啊
我们是大众舞厅的舞者，两脚风尘；我是作茧自缚的人
一个过高估计身价的伪君子，一个穿萝卜裤的诗人
我是一个行色匆匆的过客
大众舞厅，我的到来，是爱你年轻的女鼓手
把我从种族的泥淖中唤醒——你像情人般美丽
你使我一触即发，一发即溃，束手就擒
你教会我潇洒和悲哀，并且无端劫持了我的灵性
那来自底层的鼓声放射出万丈光芒
一只凶猛的野兽悄悄遁去，寥若晨星的空旷
你锋芒毕露的热情啊，鼓手，你这大众舞厅的制造者
上帝般的巫婆，走到哪里，我都有你的节奏引路

噢，OK，你大众舞厅的铜臭与脂香，你的灰尘味
你的酒气和谋生的皱纹，你的虚伪，你被压抑的欲望
在狰狞的灯光背后，最疲劳的是自由
大众舞厅，深不可测，一种生存的奇迹
你们是——最后的鹭岛，幸福的群落
一个时代的见证，一群寻找祖先墓地的垂死大象
进入深深的乡愁，毫无表情啊！你们这些野生的风景
噢，这些跳舞的人，你们限制了我的善良和歌唱
这个夜晚算是完了，我心跳欲裂，这个夜晚才是夜晚
我不认识你们，我坐在条椅上，在一个阴暗的角落
像个耗子啮啃春夜的木屑，我猜度
你们中的一个谁是我；我吸着烟，嘴唇麻苦
在同一片鼓声底下，你们戕杀我却保持缄默
你们是谁，大众舞厅的疯狂舞者

我听任这纷杂的脚步像一支夜行的孤旅
你们是我的兄弟姐妹，我踏上这漫漫清愁

像鬼节的纸幡，悲哀的色彩，眉目传情地招引我
让我沐浴你优雅的情调，走向梦乡，直到一曲终了。

1989.05

第三辑：望水

西行记

往一条干涸了一千年的河道
走向干涸
肩扛十座烽燧和一千座故城
箭镞一头扎进大漠深处

历史和自然　同一条山脉
山河倒伏　英魂溃散
历史打马西去　它的遗产
一只灼热孤独的鹰

带着河流光芒的枝叶
被火焰嚼碎
天空红水泛滥
半陷的车毂　至今被太阳盯梢
飞沙狂舞
澎湃西来的宗教
为生存而战　刀剑铮鸣
它们的真理一次次逃亡和遗弃
只有柔软的丝绸胜利了

水远走　石头翻越三千年
到达与天空永久对峙的地方

一个最老的人死了

他像一把干柴那样死去
又像一把果子，溅到人们的口头中

他像传说一样古老而又有趣
——这个最老的人死了
他吃过最早的奶
他骑过很早就死去的白马
他杀过猪，入过赘
那个最早的寡妇
我们没有见过
（那些猪进刀的惨叫声
这个世界的所有人
也无缘相闻）

他性交的时候
我们还是未来的精子和卵子

他看见过我们都没见过的太阳
看见过记在县志上的一场灾难
——泥石流湮埋了整个村庄
他看见过我们都没见过的女人和庄稼
他呼吸过我们从没呼吸过的空气
他死了
死在许多人死去的时候
在大山深处，一窝猪崽出生了
一只羉羚，也从母体的阴部

淌着血水滑落到这个世界上

那是在人们所不知的深山
这个老人悄悄地死了
与泥土离得很近
死就很容易
就像天黑
这个老人死了

这个最老的老人
他活了一百一十五岁
生命会如此顽强地跳动
除非他不是泥土做成的
他是岩石做成的
他是岩石的心

只要一点点时间
他就会成为石头

一个最老的人死了
一个老人死了
一个人死了
所有活着的，把他挤出了
这个世界。

（这些活着的
用一万个城市的呼啸
用一万个烟囱
一万辆坦克和轮船的尖叫
用一万个卖商品的喉咙

一万座矿井
一万条高速公路
和一万台电脑
一万个网址
和一万条寻人启事和一万个通缉令
和一万个火葬场
和一万个妇幼保健院
和一万个教授官员收税的
和城管和长途客车司机和乡镇长
把他挤出了
这个世界）

关于鹰

鹰把它的巢筑在最高处。

所有的鹰都叫天空。它们是同一个名字。

鹰杀死胆小者。

天空的道路纵横交错，鹰能识别它。

在漫长的俯视中
它把翅膀和爪子磨硬了
以一种高度作为支点。

鹰把兔子看作十恶不赦的被追捕的
逃犯。

它瞧不起这些人。
这些在地上行走和爬动的影子
匍匐在灰尘中生活的人。和吃土的人。

天空太远了，鹰却紧守它飞翔的尺度
对天空满怀敬畏，不敢僭越。

鹰的生命浓缩而酷厉，可它的飞翔
又是云彩的胸饰。

鹰的食物不是血

是风。

它对鸡是蔑视的。

鹰在最荒凉的天空，你必须仰视它。
你必须寻找它。它太小了
你必须遗忘它。

鹰的出现是一次心绞痛。

阳光跳闪在它的背上
就像智慧跳闪在神话中
就像神话
跳闪在古老的墓碑上。

鹰能忍受风雨的凌辱，它会十分狼狈。
它会大声地啜泣
声音凄凉而优美。
最高贵的
也是最狼狈的。

你望着鹰巢，想象着它们的生活。
仅仅是
一种想象。
鹰的生活不会告诉任何人。

就像云彩
谁都不知道它的家。
你总是看见它们在玉洁冰清地流浪
云彩和鹰

是甜蜜的情人。

这个民族骑在气流上，随风飘荡。
它们是天空永恒的流浪儿。

这个民族是我们的近亲。

啊，鹰的故乡，鹰真正的故乡
是在心上。

雪崩似的阴影。活的陨石
砸下来
像天空的愤怒
在太阳下燃烧，溅起鲜血
这就是鹰
唯一的现实。

岩石

在阳光下快被熔化的生命
一切的生命
走进岩石的心里。

它像道路一样牵绊着我们
不是，不是岩浆
最寒冷的心
在夜晚被无数次撕裂

被风风化
白雪覆盖的日子
被荒凉控诉
它在远方
在森林中嘶吼和恸哭
像疯子一样。

这些最久远存在的生命
生命之谜
上帝最奇怪的物质
让许多人尖叫着跑开

越来越不近情理
因为苍老，失去了眼睛和耳朵
它站立着，摆着姿势
硌伤了人们的视线
无尽的悲愤从崩坍中

轰轰落入河流

只有鸟和它们的排泄物
树叶和苍苔，还有传说
热爱岩石

水热爱岩石
像母亲哀伤的手抚摸它们

热爱坚硬的事物。像灵魂
被拔得片羽无存
岩石是大地的遗骸
死亡的巨骨
占领了我们

看！岩石挺立起来了
刻上一些卑微的名字。
那些被宰割的岩石
喷着唾沫喊叫
它们的光芒
刻在信仰深处。

五月·芦苇

一夜一夜的清香在窗外徘徊
在湖荡，一万支芦笛
掀动五月群马的长鬃

我怀念芦苇
曾有一条小路
让我的童年在乡风中久久奔跑

这支苇鞘经你的手指轻轻一拈
我看到了绿潮汹涌的季
向我席卷而来

我真想躲在苇秆的背后
沿着一茎叶脉的溪
抵达你的指尖

是的，你说
五月，用芦叶包粽子的女人
才是水乡的女人

一个思乡的远行者
嚼着路上的沙尘，终于
蜷伏进一只粽子深处
找到了安宁浓稠的蜜

哦，蒹葭苍苍，白露为霜
所谓伊人，在水一方……

望水

望水的女子
是水乡的风景

你在晚云下
晚云泊在大水深处
在你发间的回廊上悄悄流淌
你听见了远方的渔声吗
帆悬着风的寂寞寓言
天空中
到处都有古老丝绸摩擦的响动

你瞩望着什么
如风的凄诉在远方隐隐悲歌
不敢向你靠近

因了你的瞩望
水更加辽阔澄明
你烟波迷蒙的眼
你如水清澈的心
你激荡千年的菱荷清韵……

望水的女子
是水乡的魂

夏

天空那无垠的光焰
自云层抖落
一直抖落在这个节令
没有谁在意这个日子
除了农人和我
我正在爆籽的麦浪和油菜间
在晴空中注视你　追随你
我热爱这个季节　因为
我一生在颠簸的路上
热爱庄稼和温暖

大地寒意凛冽
你的秋天将传来玉石叮琮的声音
如我心中的响泉

而我多么陶醉
太阳喷吐着初夏的汁液
南风曳着绿
向上爬动的藤蔓
慢慢熟睡在五月油亮的慵懒中
风在唇上　风在
你的唇上低吟
夜晚变得湿润
南方的初夏，我的爱

到处是闪光的青草

到处是奔腾的虫鸣
空气在颤抖中互相触抚
河流与沙滩在亲昵摩擦
田野的夜潮
在鹭羽中惊起
你的爱　像一只萤
在梦中的旷野神秘闪动

这一切为了什么
这一切又是什么
哦 这个立夏
我千里奔袭　只为
一次深切的纪念

水说

这不是你，水说。
无论多么真诚的手，也无法
战胜水和风声的狡黠
世界如此寂寞
水的语言独自流浪

这不是你，水说。
它的疑问在圹埌的原野尽头飘荡
在荡漾的缱绻中
将陌生的你触摸
每一个波纹都画满了手
神灵般的焰火
在水一边

这不是你，这个令人恍惚的季节
水在舞蹈时魂飞魄散
水鸟的啭啾像箭一样深
可我又能爱谁?

在最近的世界
在最远的天边
这不是你？水说。
你拒绝的一切摇曳在我的心尖上

水在水面上悲伤
紫色的星群在时间的缝隙中碎裂

鹭羽飞溅
一个美丽的女人
一个忧伤如水的女人
一个静如止水的女人
这不是你，水说
以水为畦的人
可我越来越亲近你

水是它自己朴素的影子
从天空漫过
这不是你，水说。
从风中传来的耳语，水说时
它在战栗
它窒息的爱
正把你揉碎的倒影覆盖

北方冬原

高铁在十二月　一路向北
驶过许昌　漯河　郑州　鹤壁　邯郸
小麦　雀巢　坟
麦田广大　有足够的虫子喂养鸟
坟墓显得如此不安
他们的简陋一如生前
这些稀落的坟
像绿色麦垄的癌
我真想铲除这些破旧的农舍
——北方大地上的叫花子
盖上新农村
他们的村长和政府都去哪儿啦
这么想时　一栋美丽的教堂出现在眼前
那红色的十字架
结束了我一生的诅咒与绝望

记住它们

记住落日的细节。记住一片叶子的归期。
记住水。记住鱼和清风在早晨的喋唼。
记住孤独中的一次次聚散。
记住一个人酒后在地上打滚和痛哭。
记住一条母狗在灯光下辛勤捕捉蚱蜢
喂养自己的孩子。
记住水汽蒸煮红云。
一个乡野的文字守灵人
看到清晨云彩飞舞如彼岸。
记住吧，夜阑人静
有人盯住星空垂泪。
记住寒露中的鸣叫
在墙角，它的声音清脆如簧。
记住一个人独自徘徊在风雨的回廊
想起亲人和世道。
记住湖边。灯火的倒影是幻境。
记住柚子、辣椒、船。
蛛网遍布草丛中的长椅。
记住号啕和记住歌声一样艰难。
记住吧，记住一个动词：怀念。
（在怀念的时候是动词，会动。
在遗忘的时候是名词，一文不名）
记住那些丹桂
曾像洪流一样兀然漫卷入梦，呛醒我们
这田野上的秋，多么厚重、深沉。

某河

腰佩匕首的女子　怀抱江南
一进山便被你打败
奔向流水　清寒如蜜
残忍地忍受山月的偷窥
词语啁啾　像水乡菖蒲的气息
你让我山河入梦
你让我没入蜂群
喊你的名字　是在森林的边缘
两个野地精灵的影子　投射在山上
我一生的文字已经疲惫
爱恨隐向青云
惟有这一刻
陌生的热血告诉我
流水可以远去
而爱能像浪子归来

野地

你是野地的精灵
你是大草甸的风
你是阳光和植物的化合物
你是随风而至的铃兰的笑声
你是山和树的衬景
是海棠摇曳的影子
微风吹拂　你的头发飞起
蓝天下的美　无懈可击

完全是不期而至
一个温暖的山野精灵
突然让我获得宽广的呼吸

你是真实的你　融入野地
是你的命和故乡
还记得你家门口的野樱桃　白鹅黑狗吗
这些字眼　曾深深打动过我
你倏忽飘来飘去　却留香在
一览无余的风中
这不是奇迹

如果可能　我心中就这样赞美你
请接受我肝肠寸断的注视
如果可能
我要斩断时间的链条
远离名利的炙烤

如果可能
让我们在这儿坐一坐
与牛羊为伍
接受阳光和风的抚摸
如果可能
让我陪伴你　抛弃一切
在这片草场上放牧和耕种

一朵花的传说

为了赢得这个秋天的神韵
它的辉煌
我需要你脸颊的笑容
装饰秋的伤感
生命的寒潮总会时时泛起
请告诉我　你的微笑
是否在霜叶中脱颖而出

美是无法战胜的
可她常常被蚕食
被算计蹂躏和凋零
为生命和爱的深沉独自悲伤饮泣
无助像兀鹰掠过高空
拽下落日的翅翼

在梦的边缘以诗呼唤和寻觅
你可能以纯真的代价换取了错误
你的笑容　世界的暖房
所有心灵的伞　它缘自
一株乡村野樱桃的梦境

请告诉我　你是谁
你的微笑为什么如此清新美丽
穿越云遮雾隔的山水
击溃了我的悲剧

告诉我　你是谁
像古老的神话在地平线闪烁
让我追随和投奔一朵樱桃花的传说
一个声音在空中低语　说
我完全有可能爱你
但这个秋天我将不再出声

你的气息分明留在我的唇上
这炽热的现实不是自欺欺人
不是惺忪的虚无
那湿润的泪痕
一想起便折磨得我心痛
这个秋天我拥有了对咸的品咂　拥有了
像盐一样的沉甸甸的挂牵

回眸

归来的眼神
亮晶晶的眸子　唯一的蓝
是海摩擦的声响
一点点的窸窣的足音　沙沙如梦的潜行
一点点的迷茫和忧郁
一点点的伤感
犹如
经受过远方

溅起一片蓝　蔚蓝或者宝蓝
是生命的饰物也是本质
是飞扬也是沉浸
是天空析出的窗口
海结晶的波影

不屈　宁静　荡漾　深沉　纯净
仿佛从薄雾中隐去的夜莺的歌声
仿佛浮现出
十月的葡萄园

你在闪光处　细雨啾啁
萤火点亮在暮色的原野
滴着露水的颤抖的枞树叶
一湾风暴止步的海岸线

为何如此坚韧

像是投给这风中世界的疑问
而澎湃
是深处永不停息的歌吟

在你睫毛蓝色的星辰下
啜饮盛满的圣泉

梵音

曾经深深的痛
沉默的语言不再湍急
风吹满地的伤
在一双美丽的眼睛里飘落

在一双蓝色的眼睛里　在海里
在声音的宝石里
冬飞掠　浮出火烬的海面
一枝淡淡的音
长在波浪上

越过迷惘无数小径的溪
你生命的挚爱
点燃在时间的废墟
像是一泓秋水
像是
一张被风追逐的书签
像是
海的祷歌　抚慰和谣曲

这流逝的美如此残酷如此伤感
这大海的精灵如此静谧如此遥远
我在渐渐冷却的季节里
刻印你的暖流
这天穹下流淌的梵音

两种生命
呻吟或歌唱

让奔腾的血和命运
映照一弯长钩的月亮
在你倒影的吹拂下
所有的落叶都将成为翅膀

红叶

只有微微的嫩寒在抚摸我们。十一月
不说我们经历的痛苦。蓝瓦之上
遍布紫色的洪流。
冬日暖阳最后消失
无法让你入睡。这四面的金风
像疯狂的我们在日落之后
彻夜未眠。

你带来扰人的气息。像一朵花的进入
像果实在初冬摇曳
咬住你，那些响遏行云的水声
我们的尖叫，越过江上夜航船
深沉的汽笛。

我的灵魂彻底倦怠。被你撕裂
我带着怎样的伤，在你的手中愈合?
十一月的火烬
是被风打下的叶子
花粉在沉睡，在大地深处谛听
你经霜的唇告诉我
什么是芬芳的憩园

在遥远的地方，火车鸣叫
壮丽的等待有如闪耀的隐秘
没有风雪，在琥珀中觅诗
这些小小的坚果
有着柔软的核。

季节

夏天就要结束
荷花像愤怒的舟语
牡丹爆炸
当风在风中渐渐冷却
白昼即将落入
沉沉的黑夜
梦境催促着
爱的嘘声在唇边

我无法知道这金黄的穿梭
是不是时间的麦粒
在这样的香雨中沦陷
无边的温暖
空气中似有丝绸走动的声音
我无意赞美这季节一样的肌肤
酣睡吧　你
青鸟的羽毛　正在纷纷降落为
夏日的花粉

影子

晨风飘过　恍若隔世
我不愿再对灯和夜晚的传说
赋予何种意义
你奇妙的微笑从嘴角蹿出
有似荡漾的嘲讽　充盈在
神秘的空间

你的影子渗透到
玫瑰的气息中　这就是生命的大美
没有人会熟视无睹
我将大胆地猜测这个春天
并会替你紧守秘密
你拥有这丰盈的夜
明天依然仪态万方

你在回忆吗　亲爱的
却又仿佛已经疲倦
从远方归来的履历　像疼痛
刻满在温柔的光影深处

深闺

是谁躺在那里
像一粒传说中的燧石
在时间的摩擦下熠熠生辉
隔绝的帷幔外面
是在哪个世纪
车马的喧嚣委落为粉尘

我已不管这些
一株植物缠绵缱绻的躯体
替我犁开了石头的千年梦
神灵的焰火
在清水一边

那漫漶的光晕就是孤独
是清水
是水的语言
把我渐渐覆盖

线条

是玉石
玉石一样温润的曲线
让爱你的目光紧贴着呼吸

熹微照进你的白昼
身体正在醒来
水的涟漪漾开
些些的波纹
在我的冥想中悄然滑动

风闪过去遥远的梦乡
天堂的斜坡
星星的边缘
我像抚摸着大地的敬畏
轻岚正向起伏的地平线延展

这是一条古老的轨道
幽香袭来
所有生命运动的朝向
潜流如泛滥的洪水
正漫过
你坦荡的背影

囚禁

美被囚禁在窗棂的黑暗深处
在心的黑暗深处
在瞎眼的世人的
　　　　　黑暗深处
在羞涩的深处
在轻轻一掩的千年幽怨中
闪射着绝世的光与影

大雨蹂躏过后
树叶的喘息和闪亮
迷人的光线像成群的琴弦
在肌肤上碰撞
发出叮叮咚咚的声音
一只蜜蜂开启了花的甜蜜

所有的企图是一点一点地镀亮
害怕失去一寸一寸的土地
生命的光正在飞翔　寻找着
向南的季风
凌空而去

不要害怕　亲爱的
春寒中最后的觳觫就要过去
不要畏惧时间最后的据点
这生命的光芒

有如花瓣在信风中狂逐
奋力扬起
抽打他们无知的双眼

夜泊

这被川江漂洗的月色
这传说中的夜
这波峰浪谷的颠簸后
这只船
在我的怀里

在你的怀里
这夜的神灵
这栖息的倦鹰
这遥远的缱绻
这弥漫的云烟
像江鸥腾起又远去

风的喁语把船桅
轻轻拍打
安谧，一个期待的时辰
像风暴袭来不可遏止

在你的梦里
在我的梦里
在同一个时空中闪现着
夏季奇异的经历

我啜饮这燃烧的瞬间
体验生命灼热的旅程
一轮巴山月
滔滔两片心

云帆

云是巫山最后沉睡的面纱
夜雨冰凉如水沸腾不止
那涨满爱的帆
横过十二峰的一抹梦境
正在舷窗前翻卷飘逸

浪花敲击着青色的火焰
我敲击你千年的睡眠
微微醒来的喘息　像花朵
迸溅出生命深处的汁液

蓝色的　橙色的
若有若无的气息
激浪的耳语
在你的等待和凝视中
时间像燃烧的烟
把你的传说传遍

你是装饰我身体的风景
你是唇齿间甜蜜的船歌
我在遥远的波涛上
把你八月的琴弦拨弄

你的天空　鹰的天空

峡江船歌

大地的岩石，我的爱
河流的骨头，溅上云端
用柔软的水去凿
用温柔的水
　　增添拥抱的痕迹

比伤痕深，比爱浅，比岁月重
过了七月
鹰必将歌唱
八月是我的最爱
船笛在深夜催启着
　　千古的醒

山影迢迢
舟子欣然魅惑于
　　烟波里灼热的呼吸
这群山的脉动
是一个时间坚定的契约
在急速的召唤中向你靠拢

再深的爱和恨也不过如此
离得越远越缠绵
过去愈久愈鲜明

我不想做你的记忆
只想做你的现实

我的峡
你的江
你温热的雨水
我歌唱的隐泉

第四辑：雪，或者春雪

暮色中的路

他曾经惊异于
这运送孤独英雄的路
最初的誓言在心中焚燃

他谙熟候鸟的巨翼
像无边的谎言覆盖在我们头顶
远去的光芒
注定被降临的黑暗带走
只要如此
心中将卷起更大的飓风

这大路边奔腾的暮
是我们的舞台
只要你的身影不再出现
无数动人的传说就将在
旷野横吹

梅

一朵花比冬天还疼
盯着它的冷
在这样无边无际的寒夜

在这样的冬
一朵暖暖的花
一万朵暖暖的花
越过冰河
进入我们所有现实的前沿

寒冷，她说
别怕，她说
这驿路的断桥
还有谁比你的出现和凋零更动人
还有谁比你的寂寞
更加揪心?

梅在最远的诗里
梅在最远的生活里
寒冷，她说
挺住，她说

这是我们所有人的旗帜

某个冬日的下午

某个冬日的下午
我脚下的落叶像蘑菇一样张开
枝条露出本色　举起最后的箭镞
我想起你

一个又一个亮点
一片又一片光芒
我想起你
当言辞不再泛滥
你曾经的低语突然如解冻的泉

没有比这个季节更难熬的
我想起你
走在风雪弥漫的日子
用你心中的阳光召唤我
激起我奔腾的血和灵感

总是那么孤单
我如脱净树叶的故乡树　老了
依然在原处等你

墙外

绿的火焰　红的漩流
夏日的丽影
把我的爱
掷在墙外　掷在
六月暴虐的蝉声中

生命恣肆的狂欢在角落
阳光倾注于
无声的绚烂
清香四溢的草木气息
在浪漫的婆娑中
兀自燃烧

哦　这浓荫的大笔如椽
红墙外的乐土
轰轰烈烈的嘶鸣
谁能够阻挡
一个季节的阴谋

雪·宫

一夜悲怆的旋风已经停止
我目睹着你
像一个温馨童话的宫殿
又恍如一座白色的墓园

惟有雪
堪称历史的奇迹
我听见皇袍在夜里窸窣摩擦的声音
犹如辗转
固执地从墙角响起
惟有雪
消弭了你的影子

终于结束了　终于
将有一双惊喜的脚印
印上这静谧温暖的时辰

雪和野草

那时有叮咚的泉声
一只小虫或蜜蜂嗡嗡飞过
一场细雨是你的午餐
那时一万只手将花朵簪上发际
那时你恣肆地绿着
像勇士布满荒原

那时啊
叶脉上澎湃着卑贱的诗篇
大地的影子
烘着生命的光束

靠近我
像悲哀静静地来临
让白雪覆盖我的头顶
在茫茫的荒野中
请相信
这上天赐给的纯洁命运

早春

总有些什么在大地下躁动
总有些忸怩的东西，明媚地
向我们长久的忍耐走来

总有些阳光
在寒冷时抚摸我们
总有些好的消息
出现在最灰暗的时刻

总有些如兰的吹气
走近最易伤害的季节，告诉你
在残忍过后
她一定会莅临
亲吻你苍老的心

印着车辙的土路

炊烟消失在白杨林中
我曾反复走过
那被泥泞和车辙删改的路
翻来覆去
它依然是我归乡的旅途

总有一天，蝉群齐鸣
总有一天，阳光熔化这片萧肃
我期待路上卷来热风的骚动
身轻似燕，脚下
洗净了红尘暴土

山上的溪流

山水因此渐入我的荒原
溪谷的雾霭
拭去了雷暴的昏暝
我追逐这阵雨过后的安宁
倾听这又一个复活之季的欢欣
像什么洗涤了我混乱的经历
像微风的颤动，像湿漉漉的梦
擦过每一片叶尖上呼啸的锋刃
像流水的低语
注入群山之上的天穹

暖冬

我刻意保留这样一种记忆
我的内心一寸一寸生长着
紫色的阳光
我刻意让目光温暖，残雪
只是失落的花瓣

树木如此简练
大雪始终未至
这是我永远等待的造化
小路的尽头
你和春风
将一起袅娜……

老墙与树影

语言的暴力使我们畏惧
最深处的岩浆总是无声
历史啊像一头凶狠的狼
噬啮去了你曾经的容颜
独有阳光不时光临
在风雨如磐的日子
在树的千万只手里
在静静的抚摸之中
拥你入怀的念头
仿佛是一次责任
甜味的影子
温暖的贴近
些许的感动
你终于知道季节
又有了新的消息

夕阳

这应是野草渐渐欢呼的时刻
荒原铺满了疲惫的热情
蝙蝠横行，归途的人
正在各自的路上

废墟涂抹着最后的悲壮
让瑰丽的瞬间沉入黑夜
母亲即将像一粒乡村的灯火
掩埋在远方期待的孤寂中

黄昏

我忍受不住这清脆的鞭声
它击中了我多年的痛处
这张黄昏的嘴
舔舐着我日思夜想的梦境

梦境开放
晚霞沉落
游子浮现
羊的叫声把小河拉长
生命的甘泉在暴涨

牧人走回去了
我却只能
永远在故乡之外漂荡

雪，或者春雪

1

空白

在这样的时日
惟有牺牲是值得的

奔流的怒潮
思想的火花
那些死去的人
揪心地看着我们

2

让牙齿有声
是这个社会的悲剧
花开在天空深处

这个世界
一只破碎的碗

3

我不以为
饶恕是可以的

许多人
连夜动身去追赶
送葬的队伍

4

一枚硬币
落在讲坛上
一个拿刀的人
被划定为精神病患者

谁是讲理的英雄
谁又是
内心沉默的纵火犯

5

我不能到达
真理的对岸
我只能捧着真理的书
像睡意惺忪的早读生
背诵谎言

现实像烟雾一样呛人
冰和智者
像奔跑的疯子

6

在路灯下昏睡的
是流浪的思想

只有一个瞬间
属于我们自己
只有一次诅咒
还给最憎恨的人

7

语言是这个时代的极权
像刺耳的搅拌机

一个女人在风中优雅走着
谁知道她心中的痛和悲伤

谁都可能失踪
杳无音信

8

没有家
能认识自己的钥匙
诺言在煎熬

撤离成为我们的命运
可能不再回来
向谁告别?

9

在临终前
一首儿歌是全部的安慰

没有什么不是坟墓

10

那些燃烧的汽油
在风里消散
成为道路和往事

他们期待着我们倒下
然后他们倒下
我们必须撑着
看他们的下场

11

有狗在叫

有村庄
在黑夜里擎灯
像母亲昏暗的影子

有人用刺青的手臂
悄悄掩泪

有人
将要开门

夜记

我生在这样的时代
也将死在这样的时代
这是我无法逾越的宿命

若干年后
当人民嘲笑你
连同我
一起嘲笑和叹息时
我在死不瞑目的人中
找到了自己

我没有很多的渴望
我凭一个人的感觉寻找道理
不讲道理的时代太过漫长
超出了人们的预期，超出了
人们忍耐的底线

下一步
就看你有没有耐心

起码应该是这样的——
我生活在自由的空气里
地面一尘不染
人们文质彬彬
没有盗贼，秩序井然
每个人面带微笑，不再有仇恨

不再有遍地的苦难
不再有灰尘蒙面的谋生

我崇尚清气若兰的优雅
我不是内心阴暗的人
没有与生俱来的仇恨

当冷漠的生活教会我冷漠
肮脏的交易赐给我肮脏
在谎言中行走
浑身沾满腐败的碎屑
劳动者再次被鄙视
灯光突出了台上的正统
昏暗的包厢才是生活真正的场所
那里在恣肆地享乐权力和金钱
门越来越漆黑
凶恶的机器更加嚣张

给我一点点交换的正义
只要一点
用许多人的牺牲和无辜死去
用许多人的血和亲人的悲痛
唤醒你的寡义薄情

给我一点点人性的公平
我们不是畜生，任人宰割
你因冷漠而吝啬
因腐烂而无情

每个人生来是有尊严的

你不能总幻想在压榨别人中得到拥戴
在禁区里顶礼欢呼
回赠你的可能是唾弃和咒怨
在这样的夜晚
有千万个人用悲愤掐死你
一万遍地啐你
你躲得过报纸和新闻
你躲不过历史

每个人，每个事件
都握着笔
连死去的幽灵都如此
只等一声惊雷
暴风骤雨来临
每个人
都将写下对你的审判

最嚣张的时候是最虚弱的
风不止一次地警告
在最难熬的时候
用虚构的文字抨击它
用壮丽的语言
写下心中的痛

不需要呼唤和预谋
就像洪水
说来就来
这早晨，这早晨啊
一定是石破天惊的黎明

土

男人在土里刨食
太阳拼命地晒他和庄稼
庄稼熟了
男人老了

送水的女人就是水
她在看着庄稼拔节
她看着庄稼
庄稼和土地就滋润
果实蓄满了水分

男人的双脚在土里
女人的双眼在他身上
土里的爱，像土豆
长得又厚又壮实

送水的女人走了
水冷在田埂上
而女人的心热着
扶犁男人的目光，也热

女人把庄稼拉回家了
男人累倒在
自己的土里

播种

霜降是秋播的收尾日子
将小麦和油菜播进土里
霜就下来了
早晨的垄头
一片白花花的盐
那是汗水的结晶

云从天上赶来
雁往南方飞去
种子奔向它的暖巢
新翻的泥土上
有鸟在依然歌唱　觅食

土地没有空闲的时候
就像一只巨大的鸡
一个接着一个的生蛋
田野上没有空白
有人总要把它用植物铺满

在滚滚的寒流到来之前
种子已经安然入梦

傍晚

在傍晚
那是辉煌的暮色
从脚下一直伸向大地的尽头
一些高高的燕麦露出脑袋
调皮地摇动着单薄的身子
它们是麦浪里的坏孩子

一顶草帽在那里漂移
一个背锄人
悄无声息地离开了
其实他才是这个夏天
和一百个夏天的创造者
他不说话
因为麦子替他说了一切

在深处　在麦浪深处
有最深的东西
捧着这些景色和粮食
它们是大地的谜

该成熟的自然会成熟
该收割的会有人收割
大地真是神奇
总有人会收拾它们
不要人提醒

村庄

有炊烟的地方
就是农家

有牛羊的地方
就是农家
有柴草和鸡鸭的地方
就是农家生活的地方

这毫不奇怪
割草的孩子知道路
拐多少弯，涉多少水
就到了他的村头
他门楣低矮的家

苍老的屋顶
总是滴着叮叮咚咚的檐雨
一条蚯蚓从阶石上滑下
一条丝瓜
垂挂在窗前
像一幅故意装饰的图案

这个故事温暖而又忧郁
孩子们诞生在这个地方
在原野上
天空满含悲悯
风是深情的

炊烟总是很蓝很蓝
狗的叫声总是很亲切

路是窄了些
记忆也很远
可故乡的气息
是活着的全部理由

野渡

竹篙上系着一串童年的梦
船舱里 藏着两岸的秘密
那边有莲蓬和草滩
有悄悄甜蜜的瓜田
一个守瓜棚　一个夜风中
枕头般的大月亮
一个把水分割的船头
一个清澈见底的天空

来来往往
桨声中听的是水的弦音
那翻动的涟漪
是我久久不能释怀的乡情

乡村野渡的景色
被一条老去的木船装饰
在漫天的芦苇花里
艄公的身影像桅杆一样清晰

南岸，北岸
多少牵挂和想念
小河涨水了
我的记忆也在慢慢地向你漂移

春

几丛竹影如翠
几湾碧水似玉
黛瓦粉墙的家
栖息着一幅幅水墨丹青画

鸡鸭狗猫　荇藻藕茭
一股脑向三月的湖村喷发
春深深几许
问了渔樵问白发

更问村姑　砧声
更问牧童　桃花
野渡无人　春树透霞
沾衣欲湿的雨点
是钓翁笠顶的几瓣杏花

春水涣涣来
寒木尽新芽

大水深处

我的心在围墙的院子里
在水的边缘
推开窗
母亲在河边洗衣
父亲在河里捕鱼

我敲门回去的时候
有人等我
一双眼睛在村口张望
我家的狗
一次又一次蹭我
像儿时的伙伴

我的村庄在白茫茫的大水深处
就像是雪和盐的故乡
像被雪洗过，盐腌过
我丢失了这样的故乡
很难在梦中碰见她

我在院落里沉默徘徊
记忆凋零无言
手捏着命运的车票
守望在诗的边缘
不敢声张

小景

秋天总是吝啬的
蝉在尖声嘲笑它
在月亮下
蝉是我们一成不变的乡音

在田野里
一个炫目而动荡的秋夜
淡黄色的稻子低垂头颅
獾子爬上田埂
天空越来越遥远
我喂养的这些岁月
慢慢变黄——
金黄或者萎黄
都是秋天
惊心动魄的画面

我是你唯一的看客
从不缺席的倾听者
我为此拒绝了一切
只想爱你

秋露

我穿过田野
一路花开
沿着庄稼生长的方向
寻找牛羊安静的地方

黑夜如此辛苦
大汗淋漓
大地的毛发上沾满了它们憋出的汗水
多么凉
这些露珠
它们代表了秋天的疼痛

蟋蟀的亮翅被打湿了
嗓声嘶哑
昨夜凋落了一地的鸟鸣
大地要收藏起来它的成果
许多离别的泪
被小草举起来
在太阳下悄悄晒干

悲剧

这些羞涩的夜晚
果子们回到泥土
叭叭坠落的声音
只有季节听到却严守秘密

也许是从红色的招摇中逃离吧
从被人歌颂的季节
潜入到冬天的深处
从形象化为意念和精神

这甜蜜的气味分外浓郁
无法掩饰
饱满　鲜艳　在高处
身子太沉　以至于
熬不过许多暗算和贪欲

和叶子一起落下
却不是叶子
这是果实最大的悲剧

迷失

我在这金黄色的海洋里
迷失不止一次两次
这不是冷翡翠的思乡曲
这是阳光张开的嘴
在暖暖喊叫着
眨眼间
就点燃了荒野

我与春天的草木一起迸发
喜悦跃上眉梢
这是谁的驿站
他将被淹没在
蜜蜂和香气轰炸的日子
抱头鼠窜

春天一直在着
喊破了喉咙
小南风不理不睬
懒洋洋地往远处走去
也就是
从这个村　到那个村

庄稼

翠碧的庄稼
在田垄上生长，一茬又一茬
庄稼没有空闲的时候

庄稼养活着我们
给我们眼睛、心和呼吸的频率
指望庄稼是一种朴素的感情
十分真切，默默地
无需说出乱七八糟的词语

庄稼翠生生地生长
使我们勤劳，辛苦一生
盘弄庄稼的人
心地开阔，那里摇动的麦子和豌豆
在太阳下闪闪发光。

乡村一景

寻找被狗吠叫的那个正午
那个枇杷叶落下的院落
农具挂在墙上
寻找那篱笆前的一只黄蜂

我只能如此
坐在一把谁家的椅子上
谁家劳动一生的人
刚才坐过的椅子上，点燃烟
望着田野。

田园小札

一

耕牛在吃草，在草滩
耕牛的尾巴在悠闲甩动
耕牛在农忙之后
独自在草滩——这时候
你拍打着它的身子
它的眼睛，怎么会
露出这样少有的安宁？

二

一棵蓖麻占领了视野
谁遗弃了它？谁使它生长
孤寂的蓖麻
小小的影子，成为景色
让人过目不忘。

三

在十二月，农事清淡
那些晒有粮食的屋顶
在干燥的气候中凸现
那些晒有粮食的房舍

代表了农村
风使土墙变得坚硬
那些粮食被贮藏起来
被盘算过的、度过冬天的食物
令我肃然起敬。

第五辑：獾

沉默

我沉默
因为我被吻着

我沉默
因为我被深深地爱着

那些人四处招摇撞骗
心情狂乱
喋喋不休
他们没有爱

我被吻着
如同我幸福的忧伤
我被宠着
来不及说话

醒来

我和我自己的骨头一起醒来
面对他们

没有支撑
只有自己的骨头
我终于站着了

像一个人一样

喜爱

我喜爱陈旧的事物
像坍塌的城墙前
斜照的月光

我喜爱苍苔和远方的村子
像草
长在千年的石头上

我喜爱陈旧的名字
喜爱书中永远搜寻不到的人

我喜爱发黄的照片
喜爱隐士、长啸、贞洁

我喜爱深巷狗吠的夜与归人
喜爱无法辨识的驿道
曾经疾马走过我崇拜的人

土里

在所有的土里
是我们的祖先

一支草茎和露水爬上来
这就是我们的基因

世界

森林和德行毫无防范
一只太阳
冷漠的旁观者

强奸大地的人
开动了机器
用语言的轰隆掩盖他们的罪行

肮脏的马群飞跑
这个世界

拥有者

农夫拥有野地的黄昏，苍莽深沉
暗礁拥有疯狂而失足的船影
春风拥有青草，柔情的依恋
铡刀拥有斩切的愉悦
邪恶拥有笑咪咪的眼睛

为一句真话，拥有亘古的寂静
为安宁，拥有忍气吞声
为一次冒险，拥有粉身碎骨的命运
为辉煌，拥有疲惫的心身
为淡泊，拥有一身的清贫

山拥有夕阳，水拥有帆影
颤抖的诗句拥有真诚
少年拥有天真，老人拥有经验
被施予狡诈的，拥有卑鄙的灵魂
沉默拥有尊严，尊严拥有神圣

被欺骗的仅仅是你的舌头
它拥有贪婪，污辱公正的理性
被掩饰的是强盗
它拥有黑夜，让梦境无法安宁
妓女拥有脂粉，更拥有纵欲的衰容

然而，让英俊拥有潇洒，鸽哨拥有晴空
让泪拥有擦拭，心事拥有诉说

就像雪地上拥有一串脚印
在古井中，拥有汲水少女的身影
可这一切总是若即若离，浮浮沉沉

不能让醉鬼拥有摇晃的街道
战争拥有杀戮，真理拥有不幸
未来拥有冰凌，泪拥有黄昏
在我们拥有的时间深处
每一次死亡的葬礼，都要拥有新生。

现在

现在，趁夜雾升起之前
穿过归途的那片树林
享受落日，像现在一样
一个心眼地去爱黄昏

像渡头的景色，像一棵树
倾听鸟叫，像现在一样
暴雨的冲刷已经远逝
像现在，忘却痛苦

总有一刻，会像现在一样
躺在床头，看一本书
爱一个名字，爱老实巴交的农村

在你哭泣着冲向黑暗
在你恨我时紧咬牙关
可是，会有像现在一样
刻骨、铭心，永世难忘？

将水注入冬夜的暖壶
将一首诗，写得直接了当
将一双眼睛遗忘，像现在一样
平凡、幽居，意味深长。

有些事

有些事遇着了，你会后悔无限
有些事碰上了，你会情愿心甘
有些事一笑了之
有些事千回百转

干就干得像一个勇士
笑就笑得像一个笨蛋
有些事在痛苦中升华
有些事在罪恶中圆满

有些事只能独自把它吞咽
无滋无味，却反给你一个梦幻
有些事统统端注于人前
欢呼遍地，不过是一种谎言

有些事在笔端疾走
借刀杀人，成全了心中情澜
有些事托于流云
山长水阔，只是无限伤感

有些事领教到人心
有些事体验到天寒
有些事在酒中，一片荒凉
有些事在心里，柔肠寸断

有些事任你折腾，还是遥遥远远

有些事突乎其来，满目斑斑斓斓
有雪上加霜，也有雪中送炭
有投石下井，也有恩重如山

爱就爱得死去活来
恨就恨得雪地冰天
紧咬牙关时，骨傲身正
处之泰然时，意缠情绵

有些事欺骗的是自己
有些事成全的是他人
有些事一晃而过如闪电
有些事挥去复来如梦魇

有些事不会长此如日中天
有些事并非遥远难遂人愿
一路的风化瓦解
一路的沧桑巨变

有些事愚不可及
有些事算尽机关
有些事垂注腮泪
有些事心底呐喊

让你道义在肩，尽管恶人在前
让你风中悲诉，哪怕海枯石烂
有些事一意孤行
有些事万重关山定重现！

湖

一

落日的渡头
是在一个傍晚
伊人，我别你而去
那个传说至今还在流传

看景的人都走了
只留下这倒影中的青山
伊人，这无语的沉默
一如往昔的伤感

那时我竟潇洒起仿徨
那时我竟诗意万千
可是伊人，蓦然回首时
我已是人到中年。

二

一阵鸿雁自天起
令人想到节令
伊人，在你的面前
我倦于思索和累心

高枝上栖歇着白鹤

删节了苦难和追寻
伊人，看风行水上
犹如我刺伤的感情

被人遗忘的是风暴
被反复许诺的是天空
伊人，活着是一种什么滋味
都藏在了你我的心胸

三

这古代的景色时时泛起
衰草中舟影迷迷
伊人，你的孤独值千金
一汪明月含着全部意义

此刻你是我的风景
此刻我是你的谜底
伊人，这无言的相思
刻满了我的履历

往日曾疯狂地追求痛苦
如今才有这伤痕和回忆
伊人，我苍老的心境
如同归宿，不再离去

抵达

从甲地抵达乙地
从一场雨，抵达阶前
从平淡无奇的交往
抵达人心的险境
从险境
再抵达互相模仿的笑声

从礼物，抵达爱的表示
从分离的痛苦
抵达突然的重逢
从一种卑谦
抵达生存的本质
从本质
再抵达捉摸不透的面容

从被反复追逐的名利
抵达身不由已的作品
从被紧闭的灵魂
抵达同归于尽的肉体
从社会
抵达真情全无的辞令
这么多的叫卖声
悬挂在你的头顶
从日抵达夜
从现实抵达梦境

勃起

似乎不太羞怯了
绿荷勃起，高举池塘之剑
荨麻是傲慢的
谁也不敢走近它，敬而远之。

烟囱勃起在苍穹
销熔着白金的阳光
在晒软的沥青路上
轮胎一走一瘸。

这不是夏天的罪过
连竹笋也在墙角中勃起
寂寞的野稗也在摇曳
打桩机，在地下悄悄行动。

一株龙舌兰
把心灵的震颤涂上顶端
野松被豪雨洗亮眼睛
邪恶的撕裂声，从冰川传来
浮冰上晾满燕子。

在夏天，没有动机
除了尘埃之外
都在蠢蠢欲动。
夏天是征兆的季节，迸射着渴望。

遗弃

被墙遗弃的
也许是隐秘的去处
是一个邮局；
也许是一个女人，正在期盼。

被墙遗弃的
也许是一栋红楼
落满死叶，蝉正在嘶鸣；
也许是一本书籍，缄默了思想。

被墙遗弃的
也许是一个渔翁，也许是海
礁石正在歌唱；
也许，夏天在红色的罂粟上燃烧

被墙遗弃的
也许是一把轮椅
也许是一件性感的泳衣
也许是一桩凶杀案，死者早已枯槁

被墙遗弃的，是一切。
苔藓正在行动
野葡萄缀满青果
将会愤怒地成熟。这些
墙本身并不知道。

獾

獾在夜间出来
嗅着朽骨
感受银河的星空。
獾鬼鬼祟祟，其实没有人
獾的影子在荒野里
充满了操守。

獾出现在夏夜
臃肿中透出灵气
獾在农村出现
很久以后，在收割的麦田
成为可有可无的往事。

但是獾害怕，极其乖戾
当风吹动的时候
獾从草丛中现出来
孤独而惆怅
面对着月光。

獾，准时的钟摆
在我的回忆中出现
如一颗骰子
投到碗中。

獾在行走着
屋脊上摇动起瓦松

獾走进月亮，极其庄重
在无尽的天体下
獾是夏夜之神。

骡子

骡子走在滚烫的大街上
没有繁殖欲念
谁也不想阉割它
因为它不存欲念。

骡子是上帝的宠物。
骡子是杂种
却毫无杂交优势。
这便是骡子的悲哀。

骡子没有幻想
顶着毒日，踏在滚烫的大街上
黑色的嘴唇喷吐白沫。
骡子受到车夫爱戴，在情理之中。

唔，骡子，肮脏的兽
驯服地在马路上前行
苍凉的天空
慢慢浮动起黄昏的剪影

2009年7月22日。日全食

贝利珠来了
钻石环来了
一下子完了
你不看日食我看
因为我偶然在荆州古城里
想拍拍荆州古城的天狗食日
结果我真看到了一只天狗，蹲在太阳旁正津津有味地大啖
许多老外来了，港澳台的也来了
无外乎想拍拍日食与古城的结合，想与众不同一鸣惊人
事实摄影不可能
干这行的太多
可他们成了观看的对象
比作家牛逼多了
户外运动装备加大头靴
买个好机子就成了“家”，也就艺术了
一个作家无论怎么也没他们“艺术”
太阳热辣辣的，咋就说缺就缺了呢?
我买了块电焊护目片十元钱还打抢
因为观日镜断货了
看了几下天就渐渐黑了
城楼诡异如远古，阴风惨惨，仿佛不是人间
太阳被宰割，人类就欢呼
没来由的兴奋
太阳被欺凌，人类很高兴
天全黑了，世界完蛋了
高兴的人类不知所措，狗乱吠

我经过城楼洞，摸摸索索就像穿过中国历史
一个老太太在石板路上摔了一跤
摔在这五百年一遇的瞬间
她不停地叫唤，估计骨头出了点问题
五百年啊五百年
老太太啊老太太
太阳都能挺住你就不能挺住？
华灯齐放，你怕个甚
太阳像一块黑芝麻饼，灰头土脸的让你们高兴去
一个卖莲蓬的在黑暗中喊了声“卖莲蓬啊！”
太阳又出来了，人们又欢呼又沮丧
“你们快点滚蛋！”太阳乐呵呵地说，“逗你们玩儿，人这些傻逼。”
你不看日食
你说看也是几分钟不看也是几分钟
又不能因为全世界的人看就会留住日食
说得太对了
日食是短暂的，太阳是长久的
天狗又能把太阳咋地？
吃多少还得吐出多少
就像贪官被捉住了，总得吐出来
还没等太阳复原
人就作鸟兽散
该干什么干什么
卖莲蓬的卖莲蓬
卖门票的卖门票
卖淫的卖淫
卖假发票的卖假发票
卖官的卖官
你又把他咋地？
我依然要去荆州农村采访

看看老乡是怎么种粮棉油的
我们依然要吃要喝在土里刨食
日食与你没有很大的关系
太阳依然很毒辣，你又能把它咋地？

妈妈，请帮我收好书包

地震灾区的图片：在一个学校的废墟上，搜救队员将清理出的无数书包整齐地摆放在地上，等待遇难孩子的家长来认领。

妈妈，请帮我收好书包
请帮我收好在我生日的那天
你给我买的新书包
我和同学们走了，妈妈
在一瞬间，厚厚的瓦砾将我们压着
我们一起走进了黑暗的地窖，他们说
那是长长的通往天堂的隧道
地动山摇啊，地动山摇
我们什么都不明白
我们的校舍
眨眼间就轰然坍倒

妈妈，请帮我收好书包
不要哭泣，这一切你也不能明了
究竟是谁带走了你的孩子
让你的晚年孤苦难熬
连上帝也不会知道
我们刚新建的校舍
为什么比那些几十年的老房子
还不堪一击，像没有根基的羽毛
——我们在天上看着我们夷为平地的学校
而另一些房子却依然完好

为什么独独是我们
这些花样年华的孩子
成为了这次地震的最多死者
带给父母滚滚噩耗……

请不要为我哭泣啊，擦干眼泪妈妈
我们一队一队的孩子
此刻正在向天堂奔跑
别为我担心，妈妈
请帮我收好书包
就像在每一个晚上
你陪我做完作业
为我收拾好课本，放进书包
将红领巾也轻轻地为我叠好
然后催我早早地上床睡觉
你教我要做个好孩子
上学的早晨一定不要迟到

请帮我收好书包，妈妈
我还会回来的
你的孩子还会回来的
重新背起书包
回到国旗飘扬、书声琅琅的学校
在放学的时候
我会蹦蹦跳跳地回家
敲开我们的门，大喊一声妈妈
扑向你温暖亲切的怀抱

请帮我收好书包啊妈妈
妈妈，请一定好好地为我收好书包

后　记

1

武汉大学的记忆已经呼啸远去。

有时候去那里转悠一下，珞珈山的风景和建筑依然美丽，并且将永远美丽下去。但我无法忘记在桂园的教学楼课间休息时，回头一眼望见的满山红叶。那时的珞珈山就像童话一样美丽。当然，还有秋天在桂园宿舍半夜被桂花熏醒的兴奋。我曾在1986年11月的一首《初冬。珞珈山致故友》诗里，试图写下我在冬天对珞珈山的感受："我发现那种高贵的光泽慢慢洋溢在/秋天的树群里。/古老的蓝瓦富有朝气。/我此刻在老斋舍的栏杆上，瞅着/对面的大楼。那金黄的树丛间/忽然冒出一缕蓝得要死的炊烟。/我看见身后有两个少女，踩踩脚/向教堂般安静的阅览室深处走去/我感到一种气氛。樱花大道上/是外语系学生。/更远处，向西的地方/北欧式的小楼，看得见狭小的窗户和尖顶/路沿坡蜿蜒/汽车开到山口，一眼/就见到了碧绿的东湖。/这是初冬。珞珈山的建筑都很古老/我沿着一个废弃的小亭随坡而下/松果铺满一地。我踢开一张纸片/都有人坐过的痕迹。我随坡而下/珞珈山的建筑都有飞檐/勾引我，以其高深莫测的学者风度。/在层次分明的金黄树群里/有门开时，一位名人出来/邀我品茶？并且摘去我头发上/一张漂亮的落叶。"

这种感受现在没有了，并且非常幼稚。那时候我是一个从县城来的乡巴佬，一个驾船的船工。感谢刘道玉校长，改变了我的命运。没有他，我现在已经在那个水运公司光荣退休了。我到武汉大学，就是农民进城。

当然还要感谢两个人，一个是王家新，一个是於可训。是在招收插班生报名的最后一天，王家新陪我到武大找到他的同学於可训——於老师当时是武大教务处处长。一起去的有华姿、曾静平和一帮子人，他们都报了名，只有我最后知道。还是来武汉开会，还是因为与梁必文同住一室，看他复习《文学概论》和《古代汉语》，才知道有这么个扭转乾坤的机会。当然，於老师常笑话我说，给我寄入学通知，但找不到人，说我到鄂西放木排去了。

2

当时武大的桂园四舍，几乎就是武汉的诗歌中心和诗人接待中心，不是谦虚。我那张半年换一次床单的床，下铺，叶文福睡过，岛子睡过，王家新睡过。我们班有曾静平和华姿写诗，我们都来自当时的荆州。但当时武汉大学活跃的诗人很多，如邱华栋、李少君、洪烛、陈勇、乔迈等，都是力比多最丰富茂盛的时期。还有野夫、廖亦武等许多插班的牛鬼蛇神。还有准备报考的一大堆。还有饶庆年的诗歌学会的队伍，也是一大堆。还有各个高校的诗人，如熊红、鄢元平、李鲁平和已经忘记名字的才子，一大堆。我们不仅写诗，也跟着起哄参加游行示威，打倒贪官什么的。一到游行的时候，大家都朝楼下扔碗乱砸，一般是在夜晚，珞珈山上的砸碗声叫喊声山摇地动。

来了人，有他们请我喝酒，有我请他们喝酒的。基本是我请，我的稿费较多。一是食堂，桂园食堂冬天的狗肉有名。二是校门口的棚子餐馆，喝的是小茅香。一人一瓶，再喝啤酒。还有是操场边的农民餐馆，筷子黑黢黢油腻腻的。那时候，武汉大学校园里有一个村庄，有许多农民与咱们的老师学生同住，也卖他们自己做的菜给我们吃。一到开饭时，农民各自挑着炒的菜，分两边排开，占领了桂园食堂的大道，欢迎大家进餐并且挑选他们自炒的菜肴，现在说起来没人相信。我也因此，与一个卖菜的老头打了一架。食堂最好的数枫园，枫园是住研究生的，学问最好，生活也最好。所以我们也不远数里，跋涉到枫园食堂去吃饭。还有梅园的梅花，也是冬天的尤物。我写过一首《梅花落。梅花枝。梅花诗》。

3

在武大最遗憾的事是我的一件在广州买的牛仔裤晒外面被人顺走了。顺走这件牛仔裤的同学现在也许是厅级干部，也许是省长书记，也许是大学博导，也许是财团大亨，他不知道我为此郁闷了几个月。我在武大最牛逼的事是在《人民文学》发表了《中国瓷器》组诗，发表后模仿者众多。

不过我在武大时已经开始试着写小说。小说虽然不好写，我比较蔑视它，认为小说没什么，诗歌才是显才华见功夫的。所以我写小说就是好玩儿，写诗很认真。结果我写了个中篇《黑艄楼》，没有情节，《上海文学》给我发了。我还牛逼哄哄地鼓励同学说，要写就写最好的，我们应当改写文学史。让同学笑话我了好久。

4

武大毕业的校友似乎很团结，跟其他学校的不同。一说珞珈山的人，特别亲切。我分析主要原因是学校建在山上，我们都是一个山头的，有点豪杰啸聚山林之气，这就是珞珈山人的特别之处。现在一个山头的人搞“珞珈诗派”，果然有大气象，人物众多。珞珈诗人全国各地，哪儿一聚都是一大堆，仗着人多势众，再出书展示，集体亮相，珞珈山上的诗歌与其他大学的诗风果然不一样。山头不同，气场不同，语境不同。我认为珞珈山是风水宝地，有山，还有水，据说武大修成之时，很长时间东湖的一半都属于武大，在武大的校院里。另外武大老斋舍周边过去是野山，不是公园。枫园全是枫树林，没有法学院的份。湖滨宿舍也很荒凉，南山一带更像无人区，古木参天，古藤粗壮。樱园的樱花雨落下的时候，樱花大道安安静静的，就像郊野的寺庙，完全不是现在这么一副菜市场的面孔。如今到了樱花开时，每天十万人涌进学校，基本不能叫学校了，应该叫公园。现在的武大我不喜欢，我喜欢的是20世纪80年代的武大和珞珈山，那才是真正全国最美的大学。我大前年在武大讲课时，呼吁武大在樱花开的时候，将樱花大道留一个晚上让给一个校园诗人。为什么？因为，一年几千万的赏樱收入对武大不算什么，但有可能一个校园诗人在某一个樱花之夜，会收获一首千古流传的情诗。这对武大可是无价的。

感谢“珞珈诗派”的校友们、同仁们、诗友们。

2017年3月18日

陈应松

图书在版编目(CIP)数据

雪或者春雪/陈应松著. —武汉:武汉大学出版社,2017.11
珞珈诗派丛书/余仲廉,吴晓主编.第一辑
ISBN 978-7-307-19441-0

Ⅰ.雪…　Ⅱ.陈…　Ⅲ.诗集—中国—当代　Ⅳ.I227

中国版本图书馆 CIP 数据核字(2017)第 153219 号

责任编辑:朱凌云　　　　责任校对:汪欣怡

出版发行:**武汉大学出版社**　(430072　武昌　珞珈山)
(电子邮件:cbs22@ whu. edu. cn 网址:www. wdp. com. cn)
印刷:湖北恒泰印务有限公司
开本:889×1194　1/32　印张:6.625　字数:176 千字
版次:2017 年 11 月第 1 版　　2017 年 11 月第 1 次印刷
ISBN 978-7-307-19441-0　　定价:32.00 元